A FLOR DE PIEL

—Quiero trabajar contigo, Enrique. Es un proyecto que vale la pena. Quiero aportar mi tiempo.

Se acercó a ella, su tono de voz bajo y urgente.

—Éste no es un trabajo digno de ti, Lili, y tú lo sabes.

—Es la verdadera razón por lo que no quieres que me quede?—su mirada, cálida y deseosa, bajó a sus labios, y él la podía palpar como si fuera un beso.
—¿O hay algún motivo secreto más a fondo?

—Créeme, Lilita. No quieres saber que hay más a fondo.

Ella sacudió la cabeza, sus ojos ardientes y retadores.

—Querido, ahí sí que estás muy, pero muy equivocado.

Un relámpago de deseo pasó por su cuerpo. Permitió a sus ojos el lujo de recorrer una vez, lentamente, el cuerpo de ella, asegurándose de no dejar duda alguna respecto a sus sentimientos por ella, ni su deseo de poseerla.

—Te acuerdas de lo que dije de jugar con fuego, ¿no?

—Lo recuerdo—contestó ella, acercándose a él—. —Me supongo que se me olvidó decirte que me encanta el peligro...

SOÑANDO CONTIGO

Lynda Sandoval

Traducción por
Nancy Hedges

PINNACLE BOOKS
KENSINGTON PUBLISHING CORP
http://www.pinnaclebooks.com

PINNACLE BOOKS son publicados por

Kensington Publishing Corp.
850 Third Avenue
New York, NY 10022

Traducción por Nancy Hedges

Primera edición de Pinnacle: April, 2000
10   9   8   7   6   5   4   3   2   1

Impreso en los Estados Unidos de América

Para mis brillantes y divertidas hermanas,
Elena y Loretta,
y para Frank y Chris,
los dos que soportan a las numerosas (pero simpáticas)
idiosincrasias de las
mujeres Sandoval.

Ofrezco mi más sincero agradecimiento a las siguientes personas:

A mis críticas y porristas: LaRita, Phyllis, Amy, Terri, Maggi y Anita, por conservar mi salud mental cada vez que me habría sido más fácil hundirme en la locura.

A mi editora, Diane Stockwell, quien siempre logra mantener una gran serenidad durante las peores tormentas.

A mi agente literaria, Pam Hopkins, simplemente por ser una gran persona, y por apoyarme siempre.

Y, a Ricky Martin: Gracias por la inspiración de su éxito y su hermosa música, y por recordarme por qué se enamoran tan fácilmente las mujeres de los sensuales encantadores latinos como usted.

Capítulo Uno

—¡Tiene que tratarse de una broma! —la aprensión le retorció el estómago a Lilí Luján mientras sus nudillos se blanquearon por sostener tan fuertemente al auricular del teléfono—. ¿Esta noche?

—Reconozco que es muy poco aviso, pero me acaban de avisar —dijo su administrador de negocios, Gerardo Molinaro, como si poco le preocupara interrumpir por completo los planes de ella—. No te imaginas los tejes y manejes que tuve que hacer para que Antonio aceptara agregarle a su agenda la escala en Denver, Lilí —Gerardo aspiró por la nariz—. Tiene que estar en Milán mañana. Por lo menos, podrías ayudarme.

Antonio, *con un demonio*. Ella habría preferido una rapada de cabello a pasar una velada acompañada del descerebrado Niño Ego. ¿Y qué tenía de especial que fuera la nueva sensación en modelos de ropa interior de diseñador? Cada vez que había estado cerca de él, éste se había portado como un imbécil descerebrado y engreído de la generación equis. A ella la avergonzaba reconocer que los dos se dedicaran a la misma profesión, y la idea de salir en público con él era aún más vergonzoso.

—¿No puede ir solo?

—Tú sabes manejar mejor los medios de comunicación, Lilí.

—Una planta casera maneja mejor a los medios de comunicación, Gerardo —dijo ella con voz picajosa—. ¿Por qué tengo que sufrir las consecuencias de las idioteces de Antonio? Se supone que estoy de vacaciones, ¿no?

—Te pido solamente una noche.

—Va-ca-cio-nes —canturreó ella, pasando por alto sus palabras.

—Una pequeña noche. ¿Es mucho pedir?

—¿Una *larga y pesada* noche con ese enorme ego rubio? Por supuesto que es mucho pedir —ella se frotó los sienes—. ¿Sabes desde cuándo que no tomo unas verdaderas vacaciones?

—Soy tu administrador desde hace trece años, querida. Por supuesto que sé.

—Era una pregunta retórica —ella refunfuñó sin sentido del humor y caminó descalza con pasos quedos hacia la gran terraza adoquinada con vista a los jardines bien cuidados de la residencia de Gerardo: la parte que más le agradaba a ella. Su largo vestido de tirantes arremolinaba alrededor de sus pantorrillas, revoloteado por una cálida brisa primaveral.

—Mira. Yo sé que Antonio no te cae muy bien que digamos...

—¡Es un imbécil!

— ...Pero una vez que lleguen a la inauguración del restaurante, puedes esquivarlo, ¿de acuerdo?

—Recordarás —replicó ella meneando la cabeza—, que Antonio es más difícil de quitarse de encima que el hábito de fumar.

—Tranquilízate, Lilí. Lo único que te pido es que sonrías y luzcas como siempre. Habrá mucha gente importante de los medios de comunicación. ¿Dónde está ese ánimo positivo que siempre has demostrado?

—Ese ánimo se convirtió de positivo en excesivo para acabarse en franco anhelo de la pereza porque... y ahí te va un nuevo concepto... estoy de *va-ca-ciones* —dijo ella frunciendo el entrecejo. Las artimañas de Gerardo no le iban a funcionar esta vez—. Y se supone que eso significa seis semanas íntegras sin trabajar.

Se escuchó el fastidiado suspiro de Gerardo a través de la línea telefónica transcontinental, pero no dijo nada.

Claro. Era de esperar. El gran sentido de culpabilidad

empezó a picarle la conciencia, y se estremeció. Sentimientos de culpabilidad: siempre habían sido el talón de Aquiles de ella. Como Gerardo estaba en Milán, había tenido la generosidad de invitarla a pasar sus vacaciones en su residencia de Denver para que ella pudiera estar cerca de su familia y de sus amigos. Ella tuvo que reconocer que le debía una estúpida noche, por horrible que pudiera resultarle.

—De acuerdo. Si me vas a castigar con tu silencio, entonces iré. Pero no me agrada en lo más mínimo.

—Buena chica.

La sonrisa triunfante de Gerardo emanó de cada sílaba, empeorando el mal humor de ella.

—Ni siquiera me importa que te enfurruñes. Siempre y cuando te luzcas bonita al hacer tus pucheros.

—No inventes —murmuró ella.

—¿Qué te traes últimamente, nena? —ahora que había hecho su voluntad, su voz se volvió solícita—. Antes demostrabas gran entusiasmo respecto a tu trabajo.

Ella se desplomó en una reposera y bajó sus gafas de sol de la cabeza hasta cubrirle los ojos. El fuerte sol de la tarde brillaba en las Montañas Rocallosas. El cariño sutil que entonaba la voz de Gerardo la animó a ceder ante su interpelación. Ya no tenía fuerzas para cargar sola con sus dudas.

—No sé qué me sucede. Simplemente ya no me inspira.

—Eso no es nada nuevo —dijo Gerardo en tono seco—. La pregunta es ¿por qué? Especialmente en esta fase de tu carrera.

—¿Te refieres a mi edad? —dijo erizada por su manera irrespetuosa de lanzar un insulto velado.

La pausa que hizo Gerardo le contestó la pregunta.

—Pues, los dos sabemos que los años productivos de una modelo se cuentan en años caninos, nena. Tienes que confesar que ya te andan saliendo canas alrededor del hocico.

—Muchas gracias —rezongó ella, molesta porque en parte sabía que él tenía la razón, pero más que nada porque ella tontamente había estado a punto de olvidar que él era primeramente empresario, y casi se había sincerado con él. Pero la verdad era irrefutable. Ella había sido modelo desde los diecisiete años, y ahora, a sus treinta años, era toda una vieja de acuerdo con las normas de la industria. Según Gerardo, ella debería estar sumamente agradecida por cada oferta de trabajo que recibía.

Irónicamente, era precisamente este momento en su carrera que la había aturdido últimamente. Recientemente había firmado un nuevo contrato con Cosméticos Jolie, y estaba programada su salida a Francia dentro de seis semanas. Era un excelente contrato, y en otro momento de la vida habría significado para ella un gran logro conseguirlo. Sin embargo, ella no era la única que estaba madurando: sus padres ya eran grandes. ¿Realmente quería vivir lejos de ellos —y de sus amigos— durante tres años? ¿Sola?

Siempre sola.

Pensándolo bien, ya estaba cansada de estar sola, además.

Después de trece años, la vida sofisticada rodeada de elegancia ya no le parecía tan divertida. Estaba perfectamente consciente de su suerte al haber tenido tantas oportunidades. El modelaje al nivel que ella había alcanzado era una profesión sumamente lucrativa. Gracias a su profesión, ella tenía un futuro seguro y era famosa, y siempre se había sentido afortunada. Pero nada podía mitigar la sensación de degradación y de soledad que ella solía sentir: ni siquiera la fama, ni el dinero, ni los viajes.

La última vez que se había reunido con los dirigentes de Jolie, ellos habían caminado a su derredor, picándole, explorándole, hablando de ella en tercera persona como si su ser se redujera a cincuenta kilos de carne de caballo en subasta. Ella odiaba sentirse punto menos que como ser humano, pero así era exactamente como la hacía sentirse el ser modelo. Y aquel incidente no había sido el primero.

—¿Ha subido unos kilos? —preguntarían los clientes prospectivos, dirigiendo sus preguntas a quien fuera menos ella—. Se le cuelga un poco la panza.

—Demasiado étnica. ¿Se teñiría el cabello?

—¿Está *enferma*? Pues denle unas drogas y tráiganla para acá. Tenemos que cumplir con la agenda. Además el aspecto de drogadicto está que quema.

Fuchi. Una ingenua de diecisiete años podría acaso soportar un comportamiento tan denigrante, pero era más difícil soportarlo a los treinta años. Ella había comenzado a sentirse como vendida, sacrificando su propio ser a cambio de su trabajo. Secretamente había empezado a anhelar alcanzar una meta más alta; algo que le ayudara a sentirse más útil. Pero ¿cómo podría explicar este anhelo tan profundo a un hombre como Gerardo?; ¿un hombre que usaba sólo las etiquetas de diseñador y signos de dólar para medir el éxito en la vida?

—¿Lilí? —se suavizó su voz—. ¿Qué te sucede?

—Nada. De verdad —mintió, resuelta a no sincerarse con él de momento—. Estoy cansada, nada más.

—¿Estás emocionada por lo de Jolie, ¿no? —la preocupación se notó en su tono de voz.

¿Qué podía decir ella? De confesar su renuencia, Gerardo la asediaría todos los días para tratar de animarla, y el resultado sería todo lo contrario.

—Saldrá muy bien, pero en estos momentos estoy simplemente cansada de todo, y es lo único que me sucede. Lo que pasa es que... necesito estas seis semanas de descanso para recargar mis baterías —dijo, expresándose con toda la sinceridad que se atrevía a sacar—. Saldré con el Niño Ego, así que no te preocupes.

—Te lo agradezco, Lilí. De verdad. Yo sé mejor que nadie cómo trabajas, y te prometo no sorprenderte de nuevo con ninguna otra cosa antes de verte en el Aeropuerto De Gaulle dentro de seis semanas. ¿De acuerdo?

—Te voy a tomar la palabra —dijo ella, sonriendo.

—Trato hecho. ¿Qué planes tienes para pasar tus vacaciones?

—Aún no hago planes —le dijo ella. De primerísima importancia para ella era dormir y visitar a sus amigos y a su familia. Lo que fuera para distraerse de sus problemas y dudas—. Confío en poder encontrar algo en que ocuparme.

—Bueno. Una vez que acabes con esto de Antonio, ya estarás libre —rió—. Trata de divertirte esta noche. Te llamaré mañana para ver cómo te fue. Ah... —suspiró en son de subterfugio—. Le dije a Antonio que podía quedarse en la casa esta noche...

—¿Cómo? —se le erizaron los vellos de la espalda. Gerardo siempre le lanzaba sus peores noticias cuando apenas se relajaba ella—. ¡Gerardo!

—No tienes que atenderlo, pero por favor no lo mates antes de que aborde su vuelo para Milán mañana. Es lo único que te pido.

—Pero...

—Hablaré contigo mañana, Lilí. Pórtate bien. Ciao...

Colgó.

Maldito. Desconectó la llamada y tiró el teléfono en la mesa al lado de su sillón. Odiaba ser manipulada, pero en últimas fechas había parecido suceder con más frecuencia. O quizás lo que sucedía era que ella ya era menos tolerante.

Una brisa con fragancia de madreselva emanaba de los jardines y llamó su atención. Ella giró en dirección a ello, esperando que al cubrirle la cara se le desvaneciera el malestar, y le llamó la atención un movimiento desde el jardín. Se levantó para ver qué era. Era el nuevo jardinero de Gerardo, Enrique. Acababa de salir del quiosco, cargando en sus fuertes brazos unas rosas recién cortadas de color crema y rojo.

Ella se levantó del sillón con toda la gracia que pudiera esperarse de una mujer con las nalgas trabadas en un barril. Alisando su vestido, se acercó a puntillas a la orilla de la terraza, aunque se sintiera como mirona. Pero, caray, si había algo en la vida que merecía una mirada... se mordió el labio.

Su camisa sin mangas estaba desabrochada, como si se la hubiera puesto distraídamente. El sudor perlaba su ancho pecho y sus hombros, y la bastilla de su viejo pantalón de mezclilla, al igual como sus botas de trabajo, estaba llena de lodo. Sus grandes manos encallecidas —¡y qué manos!— eran manos de un hombre que no temía el arduo trabajo; trabajo honesto y sudoroso.

—¡Híjole!

Ella lo observó cuando caminó a la orilla del cobertizo de herramienta del jardín y colocó las rosas suavemente en una mesa de trabajo. Abrió la llave de la manguera, se quitó la camisa, y se echó agua en la cara y sobre el pecho, sin fijarse en que corría el chorro de agua hacia abajo, remojando el cinturón de su descolorido y desgastado pantalón que se le amoldaba perfectamente. A ella se le cerraba la garganta. ¡Caramba!

A ella también le hacía falta un poco de agua fría.

Los diseñadores deberían contratar a verdaderos hombres como él para modelar su ropa interior en lugar de muchachos andróginos y con caras de bebé como Antonio, musitó ella. Acapararían todo el mercado.

Enrique cerró la llave del agua y luego arqueó la espalda, estirándose como si le doliera la espalda, y Lilí apretó el estómago con la mano. El arduo trabajo siempre destacaba la sensualidad de los hombres. Ella se preguntó en qué pensaban los hombres mientras trabajaban. Indudablemente no pensaban ni en el dinero, ni en los trajes de diseñador, ni mucho menos en su *imagen*.

Aún no había conocido personalmente a Enrique, pero había escuchado a una sirvienta hablando de él la otra noche, riéndose. Ahora comprendía por qué. Emanaba pura masculinidad. Tez obscura. Guapo. Y para ser mexicano, parecía bastante alto. Dado que ella medía casi un metro noventa, Lilí realmente apreciaba a un hombre alto.

Ella inclinó la cabeza, y examinó su forma sólida y bronceada, comparándolo con ella. Exactamente. Serían más o menos de la misma altura, ojo a ojo, boca a boca, pecho a...

La mirada directa y seductora de Enrique se encontró con la de Lilí y descansó ahí, como si lo atrajeran los pensamientos libidinosos de ella. Caramba. Estaba mirando desvergonzadamente al hombre. Ella reconoció su desvergüenza.

Pero no podía evitarlo, por Dios.

Sintiéndose descubierta, lo saludó con un débil movimiento de un dedo, sonriéndole con una expresión que demostraba su pena al ser descubierta. Por un momento, él abrió los ojos con expresión de sorpresa, pero no sonrió. No devolvió el saludo con la mano. Se tensaron los músculos de su mandíbula y rápidamente se puso la camisa de nuevo para enfocarse de nuevo en su trabajo.

Lilí suspiró. Ese sí que era hombre.

El contraste entre él y el Niño Ego era asombroso. Era difícil creer que pertenecían a la misma especie, y mucho menos al mismo género. Sin embargo, a pesar de lo bello que era el nuevo jardinero de Gerardo, ella no tenía derecho de mirarlo así.

Él no debería haberla mirado de esa manera.

Enrique apretó los dientes y hundió el desplantador en la tierra enfriada por la noche, esperando que el trabajo extra aliviara su amargura y pesar. Habían pasado varias horas desde que la había visto en la terraza, pero no las suficientes para borrar su imagen de la mente. Ella era una dama, y no una imagen explayada en las páginas centrales de una revista para ser admirada por un jardinero. ¿Estaba loco? No podía arriesgarse a perder el trabajo.

A veces se sentía culpable por la buena vida que tenía, y

sus amigos jamás dejaban de recordárselo. Pero él había conseguido el trabajo de manera honesta, y le encantaba su trabajo. Dividía su tiempo entre la pequeña casa que compartía en la ciudad y la cabaña que le proporciona-ban aquí como jardinero, y las dos casas eran lujosas en comparación con el cuchitril donde había vivido durante la infancia. Ganaba más que lo que su difunto padre había ganado durante toda la vida, más de lo que gana-ban todos sus amigos que rompían el lomo en sus respec-tivos trabajos. Lograba enviar una pequeña cantidad de dinero a su mamá cada mes, al mismo tiempo que aho-rraba un poco para poder realizar sus sueños para el fu-turo. Sin embargo, jamás podría realizar sus sueños si el señor Molinaro lo despedía.

¡Maldito sea! No debería haberla mirado.

Sentándose de cuclillas, levantó la cara hacia la luz de la luna y recordó la imagen etérea de ella ahí parada a la luz del sol. Casi podía sentir su largo cabello color azaba-che contra su piel, sus curvas lujuriosas luciendo esplen-dorosas a través de la delgada tela del vestido que portaba.

Él sabía quién era ella. ¿Cómo no la iba a conocer? Lilí Luján era así como la Marilyn Monroe para los jovencitos de su pueblo natal en México. Igual como en las recáma-ras de muchos de sus compatriotas, las fotos de Lilí, recortadas de revistas, adornaban las paredes que com-partía con su hermanito, Isaías; clavadas a la pared para ser admiradas mientras se quedaba dormido.

Le parecía un sueño estar tan cerca de ella. Ella era toda una mujer. Le había sonreído a él y lo había saludado de lejos, y él se había estremecido. Lo único que había po-dido hacer era mirarla, aunque cada fibra de su alma le dictaba que apartara la vista, en son de respeto para ella. Sacudiendo la cabeza, levantó la paleta y la hundió de nuevo en la tierra, sacando un cono de tierra fértil que co-locó a un lado. Quería terminar de sembrar otro embalaje de bulbos antes de dar por terminado su trabajo del día.

Un hormigueo en la base del cuello le hizo voltear la mirada en dirección a la terraza. Ahí estaba parada ella de nuevo. El estómago se le hizo trizas al ponerse de pie. Lilí Luján se apoyaba en el barandal; llevaba puesta una prenda negra de una tela luminosa que acentuaba ardientemente bien sus famosas curvas. No podía creer su suerte al encontrarse frente a ella dos veces en el mismo día. Miró hacia las estrellas con la intención de agradecer a una de ellas su buena fortuna, y luego lo escuchó. Un sollozo.

Momentito. Frunció el entrecejo. ¿Estaba ella llorando?

Un instinto protector lo impulsó a acercarse, pero reaccionó a tiempo y se ocultó atrás de un enrejado de rosales para no ser descubierto. Sí, estaba llorando. El ridículo impulso de acercarse a ella, de consolarla, se apoderó de él. Sin embargo, antes de que pudiera tomar un solo paso, un hombre rubio se acercó a ella y le ofreció algo. La mujer angélica miró de reojo al hombre, y Enrique se retiró.

Probablemente era el amante de ella. El hombre parecía ser el tipo de hombre rico y afortunado que saldría con una modelo famosa por el simple hecho de sentir que la merecía. Mejor. En la familia de Enrique siempre le habían dicho que era un soñador, y todo esto comprobaba que habían tenido la razón. A pesar de su cercanía física a ella, ellos dos venían de mundos totalmente distintos.

No era su lugar consolar a Lilí Lujan.

Jamás le correspondería ese lugar.

—¿Por qué lloras? —preguntó con desprecio Antonio, con su molesto y fingido acento medio británico y medio campesino—. Es un estúpido tabloide sin importancia, y por lo menos saliste bien en la fotografía, que es lo único que cuenta. Toma esto —dijo, acercando un vaso chato, una sonrisa burlona formándose en sus labios que parecían ser de una estatua griega y que habían salido en tantas fotografías—. Es alcohol del más fino, cortesía de nuestro administrador.

Lilí se limpió los ojos y se dio la vuelta alrededor de él, cruzando sus brazos alrededor de su torso. ¿Por qué tuvo que seguirla hasta la terraza? ¿No podía divertirse solito durante sólo unos momentos para dejarla sola para calmarse?

Tenía ganas de matar a Gerardo por haber dejado que Antonio se quedara en la casa. Sin embargo, ¿quién era ella para mandar en la casa de Gerardo? La mansión no era de ella.

—No quiero el escocés. Lo que realmente quiero— agregó en un tono decididamente resuelto—, es que me dejes sola.

Se estremeció, el estómago todavía dándole vueltas a causa del fiasco que se había armado en la inauguración del restaurante. Uno de los reporteros le había colocado frente a sus narices un sórdido tabloide. El encabezado justo en la primera plana anunciaba que ella se había operado tanto de los senos como de la nariz, y que había pagado las cirugías plásticas con sexo. ¡Dios! ¿Cómo eran capaces? *Ella* sabía que no era cierto, pero a pesar de la mentira, sabía que si sus padres llegaban a leer ese tipo de artículo les mortificaría el contenido. ¿Y si el público lo creía? Lo único que lograban con ese tipo de artículo era reforzar su imagen como modelo vanidosa y superficial. Ella gimió, sin poder controlarse.

—No les hagas caso —Antonio terminó su copa, y luego vertió los cubos de hielo al vaso de ella. Sus ojos empezaban a volverse vítreos. La única esperanza de ella era que pronto se desmayara—. Ya sabes lo que dice Gerardo; la única mala publicidad es la falta de publicidad —agregó con una sonrisa insípida.

Ella lo miró incrédula. ¿Es que no era capaz de un solo pensamiento original?

—No estoy hablando de publicidad, Antonio. Es que se han entrometido en mi vida.

—Es lo mismo —su mirada desinteresada la barrió de la cabeza hasta los pies, y luego volvió a subir, descansando directamente en el escote de su vestido—. Así que dime la verdad —bajó su mentón, fijando su mirada—, ¿son tuyas esas tetas?

La furia de ella corrió como un motor dentro de ella, y enterró sus uñas manicuradas en las palmas de sus manos.

—En primer lugar, Antonio, es algo que no te incumbe. Y en segundo lugar —se detuvo, recobrando la compostura al apretarse los labios. No quería desgarrarlo, sino simplemente explicarle que a pesar de ganar la vida gracias a su aspecto físico, su cuerpo no era dominio público. Pero se trataba de Antonio. No tenía que explicar nada. Sería mejor dejarlo así—. Te importa un comino. Ahora, si me permites, me retiro para dormirme.

—¿No quieres que te acompañe?

Le barrió el cuerpo con lo que obviamente intentó hacer pasar por una mirada sensual, mordiendo su labio inferior. Lilí lo consideró repugnante y fingido.

—Entre nosotros sería maravilloso. Es decir, nos veríamos maravillosamente bien juntos. Podrían vender las fotografías por un millón de dólares.

Se le escapó de la garganta un bufido poco distinguido sin que ella pudiera controlarlo a tiempo. Tenía tiempo sin novio, pero jamás estaría tan desesperada como para cometer semejante barbaridad.

—No en esta vida, amigo. Ni por un trillón de dólares.

—Pues mil disculpas —dijo, encogiéndose de hombros como si sólo se hubiera ofrecido a acostarse con ella por lástima, haciendo una seña de paz con la mano, con el auténtico estilo de alguien de la generación equis—. Pero no sabes de qué te estás perdiendo.

—Rezaré un rosario por lo perdido —furiosa, Lilí apretó los dientes y pasó a un lado de él, caminando lo más rápido posible por la casa. Ni siquiera estaba cansada y no le agradaba la idea de refugiarse en su cuarto toda la

noche. Sin embargo, no podía tolerar ni un momento
más con Antonio. Sabía por experiencia propia que él la
seguiría a cualquiera parte, salvo a su recámara, como
vaca al matadero si ella no se valía de la inteligencia para
deshacerse de él.

Al pasar por los arcos del enorme recibidor, vio de
reojo la luna primaveral enmarcada por la ventana de
cristal plomado a un lado de la puerta principal de madera tallada. Sostuvo la respiración. La luz de la luna cubría la tierra con una luminosidad plateada. Una brisa
fresca movía las hojas del viejo álamo. Exhaló el aire lentamente.

Era justo lo que necesitaba. El aire fresco y la luz de la
luna, y poner distancia entre ella y el gran ego rubio. Un
corto paseo por los jardines le calmaría los nervios. Siempre la tranquilizaban los jardines. Al tocar la manija de la
puerta, escuchó la voz de Antonio flotando detrás de ella.

—¿A dónde vas?

—A ninguna parte.

Se aceleraron sus pasos sobre el piso de mármol.

—¿No ibas a acostarte? ¡Espera! Te acompaño.

—Al ratito regreso.

Echando una mirada sobre su hombro, se dio prisa al
pasar por la puerta a la seguridad de la obscuridad. Se
quedó cerca de los arbustos, mirando en dirección a la
puerta principal. No se abrió. Después de aproximada-
mente un minuto, Lilí dio la vuelta a los jardines, cuidán-
dose para permanecer entre las sombras en caso de que
Antonio hubiera cambiado de opinión y pudiera estarla
siguiendo. Ella lo dudaba pero no quiso arriesgarse.

A la mitad del camino a los jardines, ella se quitó sus
sandalias de tacón alto poco prácticos, que le impedían
caminar a prisa, y las aventó detrás de un arbusto. Mirando por una esquina de la casa, devisó la terraza de
donde se había fugado momentos antes. Maldito. Ahí estaba él. Podría esconderse de él en el quiosco, pero primero tendría que llegar al quiosco. Las cuentas de su

vestido reflejarían la luz brillante de la luna como si fuera una esfera reflectora de discoteca. Su única esperanza era que él estuviera tan borracho que ni siquiera se fijara.

Resuelta a llegar, corrió velozmente desde la esquina de la casa hacia la parte más sombreada del jardín y ahí tomó una pausa, jadeando. Miró tras de ella para ver si había sido descubierta. Él parecía no haberla notado. Quitando mechones de cabello de la cara, calculó la distancia que faltaba para llegar al quiosco. Unos treinta metros, o quizás menos. Echando una última mirada en dirección a la terraza, infló sus mejillas con aire y se lanzó.

Consciente de las espinas y las ramas que tenían el potencial de trabarse con su falda de chifón, alzó la suave tela hasta los muslos. No le importaba que se echara a perder porque jamás podría volver a ponérsela sin pensar en esta noche del endemoniado tabloide. Pasó sigilosamente por el aromático jardín, de un árbol floreciente, pasando por un arbusto decorativo hasta llegar a la rosaleda, haciendo una pausa cada vez que llegaba a un lugar en donde podía esconderse para estar segura que no había sido detectada. Después de una carrera final, llegó corriendo al quiosco, desplomándose sobre la escalinata. Le ardían los pies dónde le habían picado las conchas molidas que cubrían las veredas, pero no le importaba. Estaba sola. Por fin.

El alivio llegó de golpe, al igual que un torrente de lágrimas. No pocas lágrimas, sino un torrente que le sacudía los hombros acompañado de sollozos, que trataba de sofocar cubriéndose la cara con las palmas de las manos. Dios, ¿de dónde venía esto? El artículo en el tabloide debía de haberla perturbado más de lo que había pensado.

¡Al demonio con esta carrera! La furia la hizo enderezar sus hombros, pero la falta de confianza en sí misma volvió a encorvarlos casi en el mismo instante. ¡Ja! ¿Qué pensaría la gente si le daba la espalda a la carrera que tantas

mujeres sueñan con tener? Sin tomar en cuenta que no tenía ni el entrenamiento ni los conocimientos para hacer otra cosa. Sí, tenía miedo. Su padre siempre había dicho: *Quien hace el principio y no el cabete, tanto pierde como mete.* Debería terminar lo que había comenzado. ¿Pero como reconocía uno el momento preciso cuando algo se terminaba?

La personalidad pública de Lilí Luján era descarada, atrevida y llena de confianza. Esa era la imagen que tanto difundía su equipo de publicidad. Igual Gerardo. La verdadera personalidad de Lilí, la chica de un pueblo chico de Colorado, era totalmente distinta. ¿Qué opinaría el público si se enteraba de sus inseguridades y de sus inquietudes? ¿De cómo se preocupaba todos los días por la soledad que sentía a pesar de su imagen pública? ¿Qué dirían si se enteraban que Lilí Luján ni siquiera estaba segura de conocerse a sí misma?

Capítulo Dos

Ella no lo había visto al correr por los jardines. De eso Enrique estaba seguro. Sin embargo, él definitivamente la había visto. Desde su luminoso vestido hasta sus piernas largas y bronceadas que había dejado al descubierto al alzar su vestido, Lilí Luján corriendo por sus jardines era una visión que jamás olvidaría. Su imagen había parecido a un ángel oscuro en vuelo.

Pero ahora estaba llorando, emanando un sonido suplicante que parecía hacer eco en un hueco que le tocó el alma de Enrique. Ella y su novio rubio debían haber discutido, se suponía. ¿Por qué otra razón correría descalza al jardín para llorar? Fue acercándose poco a poco, arrepentido de no haberse lavado el lodo de las manos y por no haberse afeitado la barba. Por segunda vez hoy, se sentía apenado por su aspecto laboral. Le tamboreaba el corazón al alisar la camisa y se limpió las manos, frotándolas contra la tela de su pantalón de mezclilla. No tenía idea de cómo consolar a su ángel, pero como hombre honrado, tenía que hacerlo.

De repente se le secó la garganta y se le borró de la memoria el poco inglés que había aprendido. Caminó entre sombras al acercársele, y se detuvo cuando ya estaba tan cerca de ella que pudo percibir la fragancia agridulce de su perfume mezclada con la salvia rusa que había sembrado en las orillas de los escalones del quiosco.

Aún no encontraba las palabras adecuadas. ¡Maldito!

Mamá sabría cómo consolar el llanto de una mujer. También sus hermanas. Pero él, en ese momento, tenía ganas de convertirse en una planta o en un insecto. Sabía cuidar de las plantas y matar los insectos. Se quedó parado detrás de la enredadera de hortensias y clemátides, y luchó consigo mismo al tratar de decidir si debería permanecer ahí mismo o darse la cara. No quería asustarla, ni tampoco quería molestarla.

¿Tienes miedo de una mujer, Rico? La conciencia le susurraba, secamente. Isaías se divertiría mucho burlándose de él si supiera. Enrique frunció el ceño. No era miedo. No se trataba de miedo. Pero ésta no era una mujer cualquiera. Ella era famosa. Enrique respiró hondo, y luego habló suavemente.

—Disculpe señora, ¿qué tiene?

Ella jadeó y brinco a sus pies, presionando la palma de su mano contra el pecho. Sus amplios ojos reconocieron la inesperada presencia de Enrique, y luego sus hombros se encorvaron y sus párpados revolotearon antes de cerrarse. Los volvió a abrir.

—¡Enrique! ¡Me asustaste!

—Solamente vine para ver si estaba usted bien —dijo Enrique, extendiendo las manos para tranquilizarla.

—P-pensé que estaba sola —se desplomó sobre los escalones y se quitó las lágrimas de las mejillas, aparentemente sintiéndose apenada. Enrique se sintió aliviado al darse cuenta de que no lo había ordenado que se alejara.

Sabe como me llamo, pensó, asombrado. Estaba asombrado y agradado a la vez. Humedeció los labios y salió de detrás de la enredadera para pararse a un lado de ella. La luz de la luna proyectaba sombras azuladas sobre la cara de ella, acentuando sus pómulos altos y su nariz imperiosa, que él —y el mundo entero— conocía de memoria. Pero inexplicablemente, en persona ella parecía ser más vulnerable. Y menos amedrentadora.

—¿Por qué llora?

Ella levantó la mirada, y pareció ponderar sus palabras.

—N-no sé —susurró apresuradamente, sus palabras entrecortadas—. Quiero decir que sí sé, pero se trata de una historia muy larga. Antonio es un idiota, y luego lo del es-

túpido artículo en el tabloide. Mi vida simplemente...
pues es un desastre. Es difícil explicarlo y sería sumamente aburrido para ti escucharlo o me considerarías
como una mujer necia e ingrata, así que... —meneó una
mano débilmente— no te preocupes por mí.

—Por favor —dijo, la pena apoderándose de él—, ¿podría usted hablar más lentamente? —sus manos formaron
puños por su frustración, y no habría querido pedírselo,
pero si quería consolarla, no le quedaba otro remedio—.
Hablo el inglés peor que un niño, pero quiero escuchar
sus palabras con los oídos de un hombre.

Ante su asombro, ella sonrió.

—Discúlpame. ¡Qué mala educación de mi parte! Podemos hablar el español si lo prefieres.

—No, por favor. Me gusta practicar mi inglés. Mas, no
tan rápido. Ustedes, los estadounidenses hablan muy rápido. Pero por supuesto que hablo mejor el español —dijo,
dejando la elección de idioma en manos de ella.

Él se dio cuenta de que la mirada de ella se volvió más
cálida, y realmente parecía mirarlo de verdad. Durante
medio segundo, parecían desaparecer todos y cada uno
de los detalles que lo apartaban de la vida de ella. El
hecho de estar vestido como obrero con su pantalón de
mezclilla lleno de lodo seco mientras ella portaba un elegante vestido ya no importaba. Ya no era el pobre jardinero de México luchando para salir adelante en un
nuevo país. Ella ya no era una famosa modelo recién salida de las lustrosas páginas de una revista. Simplemente
eran un hombre y una mujer disfrutando de una conversación en el jardín. Si pudiera él sólo captar ese momento...

—Siéntate conmigo, Enrique —dijo ella, dando palma-
ditas al escalón junto a ella.

Él titubeó, y sus diferencias rápidamente volvieron a
entreponerse entre ellos como había temido que suce-
diera. Echó una mirada en dirección a la terraza buscando al novio.

—No debo.

—¿Por favor? —sus ojos luminosos brillaban a la luz de la luna al implorarle—. Prometo no morderte. Es que... pues necesito hablar con una persona normal en estos momentos.

¿Podría rechazarla cualquier hombre? Pasó por alto el molesto temor que sentía de pasarse de la raya, y se sentó cautelosamente para guardar una distancia respetuosa entre ellos. Por segunda vez desde que la había encontrado, se quedó sin habla. *¡Piensa, Rico!* Nunca había sido un hombre de mucha labia, pero esto era absurdo. Se quedó mirando en dirección al floreciente macizo de neguillas al otro lado de la vereda en donde estaban sentados, y trató de pensar en lo que debería decir. Afortunadamente, su ángel le salvó de la molestia.

—Me llamo Lilí Luján —dijo ella, extendiendo la mano.

Él se quedó mirando la suave palma de su mano, aturdido ante la idea de ensuciarla, pero encantado ante el prospecto de tocarla a la vez. Finalmente deslizó su mano contra la de ella.

—Yo... yo sé quien es usted. Yo me llamo Enrique Pacías.

—Yo sé quien eres también —dijo, y para el mayor alivio de Enrique, no pareció molestarse por la suciedad ni la aspereza de la mano de él. Al contrario, ella le sonrió, aunque sus ojos todavía reflejaran su preocupación—. ¡Hombre! ¡Qué susto me pegaste! ¿Qué andas haciendo aquí tan noche?

Enrique señaló en dirección de la tierra recién arada.

—Estuve sembrando unos bulbos nuevos. Prefieren la frescura de la noche en lugar del sol caliente.

La verdad es que había dedicado tanto tiempo como voluntario en un proyecto para diseñar un jardín en el barrio que no había podido llegar a la casa de Molinaro hasta entrada la tarde, justo antes de descubrirla por primera vez en la terraza. Sin embargo, no quería mencionar ese detalle. Podía sentir la mirada de ella quemando su rostro.

—Ya vi las rosas que cortaste esta tarde —dijo ella, tomando una pausa, y Enrique tenía ganas de negar que la había visto siquiera; que la había mirado; que había pasado por alto su amistoso saludo—. Eran hermosas —agregó ella.

—Gracias. Eran híbridos de rosales de té —tomó una pausa para tragar en seco—. Todavía me faltaba mucho trabajo por hacer, cuando la vi ahí en la terraza —fue todo lo que logró decir en son de disculpa.

—No importa. Yo no debería haberte espiado así.

Enrique señaló en dirección a la gran casa, esperando poder cambiar el tema de la conversación a la inesperada presencia de ella en el jardín.

—¿Discutieron usted y su novio esta noche, señora?

—¿Novio? ¿Antonio? —se llevó la mano al pecho, con expresión de horror en la cara—. Por favor. Ese imbécil no es mi novio.

No hacía sentido que le agradara saberlo.

—Pero lloraba —era más observación que pregunta—. ¿Por qué?

—Es una historia muy larga —contestó ella suspirando.

—Me sobra tiempo —se encogió de hombros, aunque la verdad fuera todo lo contrario—. Pregunta a los bulbos.

Ella se rió suavemente, pero su risa acabó en un gemido. Entonces se quedó inmóvil, distraídamente dando vueltas a un anillo que portaba en el dedo corazón de su mano derecha. Vuelta y vuelta. Mirando perdidamente al espacio, sus palabras quedas salieron en monótono.

—¿Alguna vez te has preguntado que si has elegido tu verdadero destino en la vida?

Sin saber realmente qué clase de respuesta ameritaba esa pregunta tan vaga, Enrique esperó que continuara. Si ella se parecía en algo a sus hermanas menores, entonces llenaría los silencios provocados por él con una mar de palabras. Su instinto atinó muy bien.

—Quiero decir que tú eres jardinero y parece que te gusta mucho tu carrera —agregó ella rápidamente.

—Sí —asintió él, mirándola de reojo—. Es un buen trabajo.

—¿Nunca tienes momentos en que dudas de ti mismo? —ella hizo caso omiso de unas hebras sueltas de cabello que habían volado con la brisa, tapando su mejilla, pero a Enrique le urgía tocarla. Se reprimió, por supuesto.

—Todo el mundo tiene dudas, señora. Es parte del ser humano.

—¿Aún en tu caso, Enrique? No pareces sentir dudas. ¿Qué harías si no fueras jardinero?

—No tendría dinero —bromeó, esperando que con ello pudiera disipar la angustia en el rostro de ella.

Le dio gusto ver que sus facciones se suavizaron.

—Tú sabes lo que quiero decir. ¿Cuál es tu sueño?

Esta vez, él entendió perfectamente la pregunta. Por supuesto, él hubiera querido traer a su mamá y a sus hermanas a vivir con él —o mejor todavía— que él pudiera regresar con ellas. Anhelaba que los estadounidenses con quienes se encontraba en este país no desviaran la mirada cuando pasaba él, como si fuera desagradable su mera existencia dentro del mundo de ellos. Pero no lo hacían todos, y otros tenían peores problemas que los suyos. Ellos eran las personas que él conocía, gente que le caía bien. Levantó la mirada.

—Yo vivo en una casa cómoda, y tengo ropa y comida para la mesa. Puedo ayudar con las necesidades de mi familia. Un hombre humilde debe de conformarse con tantas bendiciones, ¿no?

—¿Se encuentra aquí tu familia? —preguntó ella, parpadeando asombradamente.

—Algunos de mi familia.

—Vaya —trazó con sus hermosos ojos el contorno del rostro de él—. ¿Cuántos hijos tienes?

La sorpresa le sacó una risa desde lo más profundo de su ser. Si ella había pensado que pudiera tener tiempo para salir con una chica, o casarse acaso con una para formar una familia, entonces no tenía el menor concepto de lo que era su vida.

—No, me malentendió. Estoy hablando de mi mamá y mis hermanos. No estoy casado.

—Ah, perdón. Nada más me supuse... —no terminó la frase—. Entonces, ¿quién está aquí contigo? ¿Tu hermano?

Él asintió con la cabeza.

—Se llama Isaías. Tiene veinticuatro años. Mis hermanas viven en casa con mi mamá.

—¿Cuántas hermanas?

—Se supone que estamos hablando de usted —contestó fingiendo una mueca de seriedad.

—Tengo curiosidad. Pero si no quieres hablar conmigo...

—No, yo... —exhaló. Si ella quería saber de su familia, le contaría todo. Simplemente pensar en sus hermanitas traviesas, que eran idénticas, le hizo sonreír—. Dos hermanas. Ana y Amalia. Son mellizas. Chicas especiales, pero malcriadas.

—¿Consentidas? —dijo ella, riéndose—. Todos los hermanos mayores dicen lo mismo de sus hermanas. Te apuesto que yo las adoraría.

Y era probable, admitió él para si mismo. Todo el mundo las adoraba, especialmente él. De repente se apoderó de él una ola de nostalgia por ellas. Normalmente evitaba pensar en su soledad, pero aquí a la luz de la luna, la nostalgia le penetró hasta el alma.

En el corazón, sabía que su lugar estaba en México. Allá era simplemente una persona, no sólo un extranjero. A pesar de sus esfuerzos para salir adelante, reconocía que jamás estaría a gusto en los Estados Unidos. Hasta los mexicoamericanos eran poco parecidos a él; eran personas que quizás se parecieran a él físicamente, pero ahí se acababa el parecido. Había similitudes, por supuesto. Pero en lo que realmente importaba en la vida, los mexicoamericanos eran estadounidenses.

Él era mexicano.

No resentía las diferencias, pero no se podía negar su existencia. Era como comparar una zanahoria con una rosa. Las dos plantas se sembraban en la tierra, pero eso era lo único que tenían en común. Otro ejemplo era esta mujer. Miró de reojo a Lilí. Era latina, pero pertenecía a un mundo totalmente distinto al mundo que él conocía.

El momento más difícil de su vida había sido cuando había tenido que dejar a su madre y a sus hermanas para emprender camino con Isaías para los Estados Unidos. Sin embargo, no habían podido ganar lo suficiente en México, y tuvieron que irse por respeto a su padre, quien habría hecho lo mismo de haber vivido lo suficiente para tener la oportunidad. Ese sentimiento tan familiar de... algo que no quería nombrar, se filtraba desde su alma hasta su conciencia. Ahora no pensaría en papá. Éste no era ni el tiempo ni el lugar.

Lo que importaba era, por ser el mayor de los hermanos, su responsabilidad de mantener a la familia; y sabía que tendría más oportunidades para lograrlo aquí. Había traído a su encantador y divertido hermano, seguro de que juntos podrían hacer más para la familia. Además — sus labios formaron una sonrisa divertida— Isaías necesitaba domador. Isaías siempre le decía que "se alivianara", y él siempre le decía a Isaías que fuera "más serio". Se complementaban el uno al otro. La mejor decisión había sido venir a los Estados Unidos, pero ese reconocimiento no borraba la imagen marcada en su memoria de las caras llorosas de sus hermanas el día que habían partido.

Esforzándose un poco, alejó su melancolía. La dama no le había invitado a sentarse con ella nada más para ver su cara de mula triste. Le fue fácil volver a encontrar el hilo de la plática.

—Es fácil amar a Ana y a Amalia. Son chicas hermosas,

pero son adolescentes, ¿sabe? La adolescencia siempre es difícil.

Lilí asintió con la cabeza, y luego levantó la mirada hacia la luna. Frotó sus brazos con sus palmas como si tuviera frío.

—Yo no tengo hermanos, aunque mis dos mejores amigas son como hermanas —su voz sonaba remota, como si sus pensamientos volaran a millas de distancia—. Aún así, me supongo que no es lo mismo.

—No hay relación más unida como entre gemelos —dijo él. *Aparte de una amante, si encuentras la verdadera.* Se le revolvió el estómago, y se esforzó a seguir la mirada de ella, fijándose en una nube que parecía bailar un vals con la luna. ¿Podría ser cierto que estaba sentado bajo las estrellas junto a Lilí Luján, y platicando con ella? Apenas podía creerlo. Inhaló los conocidos aromas del jardín para darse cuenta que no soñaba, y junto con esos aromas le llegó la fragancia agridulce de su perfume y la embriagante dulzura femenina de su piel. Sí, era cierto.

Lilí dobló sus largas y delgadas piernas hacia su cuerpo y las rodeó con sus brazos. Descansó la mejilla sobre sus rodillas y lo escrutó durante unos largos momentos. Justo cuando empezaba a sentirse incómodo ante su mirada fija, ella levantó la cabeza y estiró la mano para apretar su brazo.

—Eres distinto al tipo de hombre que yo he conocido, Enrique.

—Apenas nos conocemos. ¿Cómo puede saberlo? —su corazón golpeaba dentro de su pecho por la sensación de la mano de ella tocando su piel.

—Lo sé, simplemente —se le ensombrecieron los ojos, entristeciendo su mirada—. Estás aquí hablando conmigo, ¿no?

No encontraba respuesta alguna, así que Enrique se quedó callado.

Con un suspiro decisivo, ella se levantó, y el arrepentimiento se apoderó de Enrique. No estaba preparado para que se fuera. Se había detenido el tiempo mientras estuvieron platicando. Su mente había estado en paz. Sin embargo, se suponía que hasta los ángeles tenían horarios que cumplir. Él también se puso de pie, cara a cara ante ella. Ella era alta para ser mujer. Él lo sabía, por supuesto, por el tipo de trabajo que hacía ella. Por alguna razón que no se podía explicar, le agradaba ver que los ojos de ella estuvieran al mismo nivel con los suyos.

—Gracias por... escucharme —empujó su voluminoso cabello detrás de la oreja, y pareció sentirse un poco apenada—. A veces me hundo en mis problemas. Necesitaba que alguien me hiciera ver la realidad de las cosas.

Enrique alzó los brazos y los dejó caer a sus costados, y se sintió impotente.

—Pero no hice nada, señora, aparte de hablar de mi familia.

—Pues, me agradó. Gracias —Lilí inclinó la cabeza de lado—. ¿Me puedes hacer un último favor?

¿Comer vidrios? ¿Bajarte la luna? ¿Vender mi alma? Parado ahí en el fértil jardín, embriagado por la luna y la presencia de ella, él reconocía que haría lo que ella le pidiera.

—Por supuesto —dijo—. Lo que sea.

—Háblame de "tu", y llámame Lilí. Cuando me dices *señora,* me siento tan... apartada, si me entiendes —se ensombrecieron sus ojos—. He sufrido mucha separación en mi vida.

Él la comprendió demasiado bien.

—Con gusto... Lilí.

—Bueno, ahí nos vemos.

—Buenas noches.

Ella lo miró como si esperara que dijera algo, pero él no dijo ni una palabra más.

—Voy a estar aquí por algún tiempo. Estoy de vacaciones —agregó.

Enrique asintió con la cabeza, e hizo una pausa antes de hablar.

—Que lo disfrutes.

—Me agrada conocerte por fin, Enrique.

Lilí parecía titubear, pero antes de que él se diera cuenta de lo que sucedía, ella se inclinó hacia adelante y rozó los labios contra la mejilla de Enrique. Un beso fugaz de agradecimiento, se imaginó, y luego volteó y se alejó apresuradamente en su luminoso vestido de cuentas y pies descalzos.

Enrique permaneció ahí durante largos momentos, y sintió un extraño hormigueo en la piel de su mejilla, el temor apoderándose de él. Las palabras de ella se repetían una y otra vez en su mente: *Nos vemos. Me agrada conocerte por fin. Voy a estar aquí por algún tiempo.*

El señor Molinaro le había dicho que habría mucha gente famosa en la casa, y no había dejado lugar a duda que los empleados tenían que guardar su distancia. Enrique estaba totalmente de acuerdo con la sabiduría de esa advertencia, y no había vuelto a pensar en aquellas palabras. De verdad, no había mucha gente famosa que le pudiera interesar en lo más mínimo... hasta ahora. Al observar la figura de Lilí retirándose, tan hermosa y vulnerable a la luz de la luna, esperaba que no fueran tan marcadas las diferencias entre ellos, ni tampoco tan desfavorable su situación. Seis semanas enteras de su embriagante presencia. ¿Tendría él la entereza moral y fuerza de voluntad para resistirla? ¿Quería, realmente, resistirla?

Piensa en tu deber, Rico.

Apretando los labios, se resignó a la realidad de que el pasar tiempo con Lilí Luján no pagaría las cuentas, y en cambio, su trabajo con Molinaro sí que las pagaba. Sabía que sufriría su familia si perdía este trabajo a causa de un ridículo galanteo con Lilí Luján. Era mejor así. Había vuelto a soñar con lo inalcanzable.

Resuelto y decidido, Enrique volvió a su trabajo. Si lo volvía a buscar, él la evitaría.

* * *

No sabía si sentía consternación o alivio cuando, al llegar a la residencia varios días después, encontró a Lilí sentada con las piernas cruzadas sobre un banco en frente del pequeño espejo de agua. Había pensado en ella constantemente durante los últimos días desde su extraña reunión de medianoche, y al verla de nuevo con la luz del ocaso que la iluminaba con luz dorada, apenas pudo respirar. Había admirado sus fotografías durante años, pero las imágenes en las revistas no hacían justicia a la mujer de carne y hueso. No era por su mera apariencia física, sino por la vitalidad que emanaba de ella, y por su honestidad.

Levantó la mirada del libro que había estado leyendo y sonrió.

—De verdad que trabajas a deshoras. Hola.

Cuídate. Sintiéndose a destiempo, tomó su tiempo para colocar la bolsa de papel llena de enseres en la otra cadera. El ruido que hacía el grueso papel de cartoncillo reflejaba su estado nervioso. Había recordado una y otra vez aquella conversación, cambiando sus palabras y sus reacciones con ella. Había creado hasta una nueva personalidad, convirtiéndose en el hombre galante y sofisticado que quisiera ser al estar cerca de ella. Ahora ella estaba delante de él, y no se le ocurría palabra alguna. Típico. Recorrió la mano por su cabello lentamente, luchando para recobrar su equilibrio.

—Hola de nuevo. Me sorprende verte aquí.

—Estoy hospedada aquí, ¿recuerdas? —respondió ella, frunciendo la frente.

—Quiero decir, aquí en el jardín.

—Bueno —dijo, mirando a su derredor con una expresión de serenidad en la cara—. Me gusta. Da mucha paz. Y definitivamente quiero paz durante estas vacaciones.

Asintiendo con la cabeza, la miró durante unos momentos más y entonces, porque no se le ocurría hacer otra cosa, llevó sus compras al cobertizo de enseres de jardinería. Guardó el fertilizante y algunas herramientas dentro de los gabinetes y luego alzó la camiseta por encima de la cabeza con la intención de cambiarse para usar una de las camisas de botones sin mangas que prefería para trabajar. La sencilla aspereza de la camiseta al rozar su piel se sintió sensual, y espetó una blasfemia con un susurro gutural. No era la camiseta que excitaba sus sentidos, sino que era Lilí Luján. La confesión le llegó hasta el fondo de sus entrañas. Era un maldito imbécil si dejaba que esta mujer lo afectara tanto.

Con un suspiro, apoyó las palmas sobre la barra de hojas de madera y agachó la cabeza. ¿Por qué habría vuelto a venir ella? Su presencia lo ponía entre la espada y la pared. No podía darse el lujo de enfadar a Molinaro, pero tampoco era capaz de rechazarla.

Reconocía que el simple pasar un rato con ella de la manera más casual era pasarse de la raya, y en vista de su excitación cada vez que se acercaba a ella, sabía que le provocaría problemas. Tenía oportunidades frecuentes y variadas para disfrutar de la compañía de mujeres sin complicaciones, y ni siquiera con alguna de ellas podría de momento. Lo último que necesitaba era una mujer como Lilí para embrollar su cerebro y alborotar sus convicciones.

Sin embargo, ella había venido en su busca. Se le aceleró el pulso. Ahí estaba ella sentada en en precioso y fragante jardín, más bella que la más hermosa de las flores. Era voluptuosa, suave, cálida y femenina. Tan cerca de él que podría haberla tocado, pero reconocía que tocarla sería igual como meter la mano en el fuego. De cualquier manera, terminaría quemándose. Lilí Luján representaba un peligro para él, y lo más peligroso eran las reacciones tan explosivas que ella provocaba en él.

—¿Enrique?

Volteó para encontrarla haciendo sombra en el marco de la puerta del cobertizo, un pie descalzo descansando encima del otro, la mano apoyada contra el umbral de la puerta. Ella lo barrió con su mirada, recorriendo su pecho desnudo y su abdomen, y él se sintió totalmente vulnerable. Jamás se había dado cuenta de lo pequeño que era el cobertizo, ni cuán íntimo era. El latido de su propio corazón retumbaba en sus oídos. Alcanzando la camisa blanca limpia que había dejado doblada sobre el respaldo de la silla de bejuco que se encontraba en un rincón, metió los brazos de golpe por las mangas, cubriendo su desnudez lo más pronto posible.

—No fue mi intención agarrarte de sorpresa —su tez color caramelo se tiñó de color rosa oscuro al ruborizarse—. Y, discúlpame, es q-que no supe que estabas...

Señaló en dirección al cuerpo de Enrique, y luego mordió su labio inferior con los dientes con una expresión de temor en la cara, como si pensara que él la fuera a lastimar. Tal vez porque intuía los sentimientos de Enrique en esos momentos.

—Está bien —dijo Enrique agitando la cabeza, pero con un tono demasiado brusco—. ¿Qué se te ofrece?

El largo cabello de Lilí se desplayaba por su hombro, y algunos mechones caían sobre la curva de su seno, que estaba llamativamente a la vista por el escote del corpiño rojo que llevaba metido a un *short* ajustado de mezclilla. Y hablando de la semi-desnudez, el atuendo de ella exponía demasiada piel para el bienestar de Enrique. Éste trató de hacer caso omiso.

Ella cruzó los brazos bajo su busto.

—¿No te distrae demasiado si me siento en el jardín mientras trabajas?

Miró por la polvorienta ventana, tratando de ponerse a distancia de ella y de sus sentimientos. Jamás se había sentido tan consciente de sí mismo, ni tan distraído por una mujer que jamás podría ser suya.

Su intención era decirle que se fuera, pero no pudo. No quería que se fuera. Se limitó a menear la mano con indiferencia al levantar la podadera de arbustos.

—*Cada chango a su mecate.* Haz lo que quieras —replicó.

—Es-está bien. Gracias —dijo ella, pero no se alejó del

lugar como había esperado él. Apoyó la cabeza contra el marco de la puerta—. ¿He hecho algo para ofenderte, Enrique? —preguntó.

—Por supuesto que no —forzó a sus labios a formar una sonrisa, a pesar de la mentira, y suavizó su tono. De verdad que estaba muy molesto—. Simplemente tengo mucho trabajo —dijo, y luego recordó quién era él, quién era ella y en dónde estaban en ese momento—. Naturalmente que puedes quedarte. Los jardines existen para que los disfruten el señor Molinaro y sus invitados —agregó.

—Es mi administrador de negocios, por si no lo sabías —dijo ella; sus ojos, verdes como las hojas de primavera bajo el hielo, lo observaron sin parpadear.

—No, no lo sabía —tenía que esforzarse aún para respirar jadeando. Se cambió de lugar, y sus pies rozaron al piso como el serrín sobre la madera—. Qué... bueno.

—Sí —ella humedeció los labios, mirando alrededor del cuarto para fijar la mirada en lo que fuera menos en él—. Él me negocia los contratos y presentaciones. Todas esas cosas.

—Ya entiendo —*¿Por qué me dices esto, Lilita? También te gusta jugar con fuego?* Su sangre latía llena de deseo al observarla. Esperaba que no se le fuera a notar en la mirada.

Ella inhaló profundamente por la nariz.

—Bueno, en fin... —dijo, señalando en dirección al banco. Titubeó al dar la vuelta, y luego se dirigió a su asiento caminando sobre la vereda rosa de concha molida.

Sin poder contenerse, Enrique apoyó la espalda contra el marco de la puerta, la mitad de su cuerpo adentro y la otra mitad fuera del cobertizo, y observó mientras cada paso crujiente de ella marcaba la ondulación femenina de su cadera. Con su imaginación, grabó el momento en cámara lenta, y le habría sido imposible apartar su mirada del contoneo sensual. No quería apartar la mirada aunque reconociera que más le convenía hacerlo.

Lilí se acomodó sobre el banco en la sombra, doblando

sus largas y delgadas piernas por debajo de ella y meneando la espalda para encontrar una postura cómoda. Levantó la mirada y lo descubrió escrutándola desde el marco de la puerta, y se le frunció la frente.

—¿Hay algún problema?

—No sé —dijo Enrique, contestando su pregunta con toda honestidad.

Ella asintió con la cabeza como si entendiera perfectamente sus palabras crípticas, pero éste supo por su tono que no lo había comprendido.

—Prometo que no voy a molestarte ni distraerte—aseveró ella—. Me voy a sentar aquí sin decir nada. Y voy a ver cómo cuidas el jardín, si es que no te incomoda mi presencia.

—No tengas cuidado —sería imposible sentirse más incómodo. ¿Qué importaba ya?

—Gracias. Te lo agradezco.

Sus facciones se suavizaron al sentirse sinceramente consolada, y sus grandes ojos claros se iluminaron con felicidad.

Durante un largo y doloroso momento, Enrique habría dado todo por poder suscitar esa expresión en ella de nuevo; y de nuevo y de nuevo. Ella podría estar en dondequiera, disfrutando de la compañía de cualquier hombre. Sin embargo, estaba aquí en el jardín con él.

No significa nada, Rico.

Aunque significara mucho, era imposible perseguir una relación.

Ella lo ahuyentó con un gesto de la mano.

—Ándale, pues. Hazte de cuenta que no estoy aquí.

Lo absurdo de sus palabras limó las asperezas de su preocupación. Levantó un lado de la boca sintiendo agrado y fatiga al mismo tiempo. Su mera esencia masculina lo obligó a decir lo que sentía.

—Tengo mucha fuerza de voluntad, Lilí, pero es demasiado pedir a cualquier hombre que aparente no fijarse en ti.

Ella bajó la mirada, tragando lentamente en seco.

Consolado por una sensación de revancha bondadosa, atravesó a donde se encontraban unos arbustos podados en forma ornamental, y se dedicó a recortarlos. Se dio cuenta que había logrado perturbarla. Sin embargo se sintió justificado, después de la embestida física y emocional a la que había sido sometido por ella.

Que el Señor se apiadara de su alma lujuriosa, pero la mera verdad es que Enrique Pacías apestaba, sudaba a cubetazos, emanaba y era la personificación en vida de la esencia masculina de la sensualidad. No eran sus palabras sino su manera de decirlas. Su timbre de voz resonaba contra el pecho de ella como si fuera una caricia brusca, de la misma manera como ella intuía que se sentirían las manos de él sobre su piel.

El alivio al ver que la conversación entre ellos había terminado sacudió a Lilí. En aquel momento cuando había estado parado en el marco de la puerta del cobertizo, la mitad de su cara iluminada por el sol y la otra mitad en la sombra, ella no habría podido pronunciar inteligentemente ni una palabra más por mucho que hubiera intentado hacerlo. Había sido más que suficiente la perturbación que había sentido al encontrarse de frente con aquel pecho ancho, duro, bronceado y desnudo dentro de aquel cobertizo de trabajo. Ella se sentía como si alguien le hubiera partido la mandíbula de un solo golpe. Éste se había lanzado a taparse con esa camisa blanca como si la mirada de ella le fuera desagradable, y al darse cuenta ella, ni así había tenido la decencia de desviar la vista.

No había podido hacerlo.

De la camisa impecable, percudida en donde se le habían rajado las mangas, ella había percibido un olor a blanqueador y a sol y a hombre, y la había excitado hasta las profundidades de su ser. No se avergonzaba de confesar que Enrique la excitaba. Aquella mirada que le había lanzado, como si él apenas pudiera reprimir el deseo de recorrer todo el cuerpo de ella con sus manos ásperas, sólo la excitaba más. Podía escuchar los latidos de su propio corazón, y le costaba trabajo llenar los pulmones de aire. Sólo esperaba que él no se hubiera dado cuenta.

Algunos minutos más tarde, en cuanto recobró la compostura, ella fingió leer mientras de reojo lo observaba dando forma a los arbustos. Parecía escultor al maniobrar la podadera, y flexionaba fuertemente los músculos de los brazos. Sus músculos no eran producto del gimnasio; eran auténticos. Eran productos del trabajo y eran encantadores. Él parecía ser parte íntegra de las plantas que crecían a su derredor. Era tan natural, tan masculino. Era auténtico. Era el tipo de hombre que con su mero aspecto conjuraba en ella fantasías sensuales; en cámara lenta, por supuesto.

Ella suspiró.

Por supuesto que no era la paz de los jardines lo que la había atraído de nuevo. Sentía curiosidad de conocer más a fondo a este mexicano enigmático y sensual. Es que parecía tan... tan vital. Tan normal. No lo conocía; eso era cierto. Pero se preguntaba que si debería de remediar precisamente eso. El círculo social en el que había vivido durante la última década no facilitaba el contacto con tipos tan normales; "normales" en el mejor sentido de la palabra. A los que normalmente llegaba a conocer les cohibía aquella gran ilusión paralizante —la fama— y acababan por apenas sonreírle u observarla desde lejos. Cada vez que conocía a un hombre interesante, se encontraría siempre buscando en él alguna segunda intención. Se preguntaría que si el hombre era atraído a ella por ella, o por su fama. Si su trayectoria era indicación alguna, la fama había atraído a más hombres que la mujer.

Enrique, en cambio, no parecía estar impactado por la fama, ni tampoco parecía guardar opiniones preconcebidas respecto a ella. Desafortunadamente, tampoco parecía disfrutar las atenciones de ella.

Sus labios tomaron la forma de una sonrisa, y se tapó la cara con su libro. Si Gerardo hubiera esperado hasta ahora para preguntarle respecto a sus planes durante sus vacaciones, habría sido otra su respuesta. Quería llegar a conocer a este jardinero tan sensual, y disponía de cinco semanas para lograr ese propósito. No bastaba con observarlo. Pero tomaría su tiempo. Había que saborear las cosas buenas en la vida, sin prisas. No sabía exactamente cómo conquistar a este hombre, pero estaba resuelta a lograrlo.

Capítulo Tres

Ella había regresado todos los días, y su presencia simultáneamente le agradaba a la vez que sometía su fuerza de voluntad a la prueba de fuego. Amaneció extremadamente caluroso el sábado, exactamente ocho días después de conocer a la mujer que había volteado su vida de cabeza. Los rayos brumosos del sol matinal quemaban sus hombros y su cabeza. Enrique había tomado un día de descanso de sus actividades de voluntario, resuelto a terminar un macizo de flores en la casa del señor Molinaro. No había contado con encontrarse con Lilí esta vez, porque normalmente trabajaba aquí sólo por las tardes. Pero diez minutos después de llegar, ella lo había alcanzado. Se habían saludado brevemente; nada más.

Después de trabajar dos horas, el sudor perlaba su frente y recorría su cuello, molestándolo. Tenía ganas de quitarse la camisa, pero cada vez que estuvo a punto de quitársela, se acordaba de ella y de lo que había sucedido en el cobertizo. De repente pensaría en ella, y cómo se sentiría si *ella* le quitaba la camisa, presionando sus amplios y suaves labios contra su pecho en lugar de contra su rostro como lo había hecho. Su cuerpo respondería por mucho que su cerebro le ordenara lo contrario. Desde el momento de conocerla, su sangre había estado pulsando demasiado rápido para su propio bien —o el de ella.

Había estado especialmente consciente de su presencia desde el momento que ella tomó su lugar en el banco. Se fijó en la caída de su cabello que cubría su cara al inclinarse la cabeza para leer; en el destello del sol reflejado en sus húmedos labios; la suavidad de su piel y su fragancia a talco llevada por la brisa como si su única razón de ser fuera perturbarlo. ¿Cuánto podría soportar un solo hombre?

Encontró su único consuelo en el hecho de que Lilí parecía estar tan inquieta como él. Ella merodeaba por el jardín, descalza y portando uno de aquellos largos vestidos de tirantes con tela liviana y transparente; éste de color azul como el cielo de Colorado. El corte de la espalda en pico que exponía su piel color caramelo confirmó su sospecha de que no portaba sostén. ¡Ay! Jamás había conocido a una mujer que podía ser tan sensual sin siquiera darse cuenta.

Ella paseaba por el jardín examinando a las plantas, admirando a la luminosa esfera que se encontraba en el centro del jardín de piedras; y dibujaba con los dedos de los pies en la tierra. Él la observaba de reojo mientras ella deambulaba alrededor de su cabaña; agachándose para olfatear una flor o para frotar el pétalo de otra entre sus dedos.

¡Basta! pensó Enrique, tan distraído por la luminosa presencia de ella que apenas podía trabajar. Obviamente era una tortura para los dos, y quizás fuera mejor simplemente liberarla de cualquier obligación que ella sintiera de estar ahí. Él debería hacerle saber que él no se ofendería si entraba a la residencia para disfrutar del aire acondicionado. Si pudiera él habría hecho lo mismo, Dios mediante. Se paró, estirando los músculos doloridos de su espalda, esperando que pudiera aliviarse del dolor que ella le provocaba con la misma facilidad.

—¿Estás aburrida, Lilí? ¿O sólo muerta de calor como yo?

Ella volteó para enfrentarse con él y sonrió, doblando sus brazos sobre su vientre.

—Las dos cosas, me supongo. ¿Te distraigo?

Sí, pensó Enrique, pero trató de responder con un poco de diplomacia.

—Simplemente no me gusta verte aburrida —dijo, limpiando el sudor de un lado, y luego del otro lado de su frente, sin quitarle la mirada de encima—. ¿No hay otro lugar dónde preferirías estar?

—Prefiero estar aquí.

El rostro de Enrique demostró la confusión que habían provocado sus palabras.

Levantando las palmas de las manos, ella se apresuró a explicarse.

—No estoy aburrida del jardín ni tampoco... de ti —bajaron sus pestañas—. Es la vida en general. Es difícil explicar.

Él se preguntó si esta inquietud estaba relacionada con sus lágrimas aquella primera noche.

—Si quieres hablar de ello, me encantaría distraerme un rato del calor.

—No sé. No quiero serte una carga por mis problemas —metió un mechón de cabello atrás del oído, y luego le dio la vuelta a un macizo de acianos púrpuros, deteniéndose en la orilla del macizo donde trabajaba él—. ¿Qué estás sembrando aquí?

Él tomó por entendido que el cambio repentino de tema significaba que ella no quería abrirse con él. Que así fuera. A él no le importaba el tema de la conversación, siempre y cuando conversaran. Poniéndose de cuclillas, colocó un bulbo en la palma de la mano, botándolo ligeramente al mirar las uñas de los pies de ella, pintadas con un esmalte de uñas de color azul cielo.

—No me lo vas a creer si te lo digo.

—Haz el intento.

Meneó la cabeza tristemente y apretó los ojos al mirarla. Su oscuro cabello estaba rodeado de un resplandor dorado por el sol a sus espaldas. Con una punzada de realidad, se dio cuenta que el mismo sol marcaba la forma de su ligero cuerpo a través de la tela delgada de su vestido. Pudo vislumbrar cómo aquellas piernas tan largas acababan justo en su pantaleta tipo bikini de color crema. Desvió la mirada de golpe, odiándose a si mismo por fijarse en esas cosas. Por supuesto que era natural que un hombre notara y apreciara esas cosas. Pero era una falta de respeto al mismo tiempo. No quería tratar así a ninguna mujer.

Para distraerse, enfocó su atención sobre el bulbo que tenía en la mano, envolviéndolo apretadamente con las manos.

—Estoy sembrando lirios. ¿Sabías que Lilí significa lirio?

La risa gutural de ella lo inundó como una ola, y cuando se encontraron sus miradas, la de ella rebozaba de diversión.

—Debo sentirme halagada, pero primero —entrecerró los ojos en broma—, ¿se trata de una mera coincidencia?

—Realmente, no —admitió—. Pensé en ti cuando los vi en oferta especial en el vivero. Es tarde para sembrarlos, pero estaban en buen precio. A ver que sale.

Ella se puso de cuclillas, su voluminoso vestido extendido por el suelo a su derredor como si fuera una laguna de agua azul.

—Pobres lirios. ¿Me pregunto por qué no se habrían vendido antes? —dijo, recogiendo una esfera áspera color café grisáceo, sopesando el bulbo como lo había hecho él, y luego lo miró al otro lado de la tierra del jardín—. ¿Crees que morirán?

—Los bulbos son como sueños —dijo él encogiéndose de hombros—. Nunca sabes si van a florecer hasta que los siembras en la tierra correcta.

—Ah —guiñó el ojo ella—. Qué poético. Voy a recordar esto.

—Tengo toda la intención de consentirlos —replicó él, relajándose un poco ante el tono cálido de ella—. Ya veremos cómo les va.

Ella lo observó durante un largo momento, y luego exhaló largamente.

—Enrique, ¿me permitirías ayudarte a sembrarlos? —lo miró precavidamente, cambiando el bulbo de mano—.

SOÑANDO CONTIGO   45

Me imagino que me curaría el aburrimiento, y entre más pronto acabemos, más pronto podremos los dos refugiarnos del calor.

Él pensó en sus suaves y delgadas manos profundamente metidas en la tierra, su cabello rozando la piel desnuda de su espalda como si fuera una sábana negra de satén. Si estuviera Molinaro, su respuesta habría sido una negativa rotunda. Pero el jefe estaba en Italia. Sólo él y su ángel estaban en el jardín, y la fragancia de ella perturbaba locamente su sentido de razón.

No debería. *Sabía* que no debería. Estarían trabajando lado a lado, sudando, respirando y moviéndose juntos. Sería un error acercarse tanto a ella. Abrió la boca para decir que no, pero en lugar de eso, le sorprendieron sus propias palabras.

—Me encantaría tu compañía, si tú gustas.

—¿De veras? —la emoción brilló en los ojos de ella.

Él echó un vistazo en dirección a la piel inmaculada de las manos de ella y la perfección de sus uñas, arrepentido de su decisión.

—Si quieres —dijo, señalando en dirección al cobertizo de enseres de jardinería—, tengo guantes en el cobertizo para que no te ensucies las manos.

Aparentemente, ella estuvo un poco sorprendida por su sugerencia, y estiró las manos, mirándolas. Primero las palmas y luego el dorso, las miró con expresión pragmática.

—La verdad, preferiría sentir la tierra entre los dedos y al demonio con la manicura, si te da igual. Tengo que tomar precauciones cuando estoy trabajando, pero estoy de vacaciones—guiñando el ojo y con una sonrisa traviesa, enterró las manos en la tierra hasta las muñecas—. Si quieres saber un secreto, en el fondo, soy marimacho.

—De acuerdo. Traeré los guantes... por si acaso cambias de parecer.

Enrique se puso de pie tambaleantemente y se retiró al cobertizo. No necesitaba inmediatamente de los guantes.

Lo que realmente necesitaba era un descanso de la fuerte presencia de ella, de su fragancia y de su suavidad; lejos de las imágenes de ella que destellaban en su mente. Reconocía perfectamente que estaba desafiando al destino durante cada momento que pasaba con ella, y sin embargo no encontraba la fuerza de voluntad para negarse el placer de su presencia.

Trabajas mucho. Te mereces el gusto.

Nadie se enterará.

Encontró consuelo al justificarse, sin darse cuenta de la trampa tendida.

Tenía el vivo deseo de echarse agua fría en el cuerpo como lo había hecho la primera vez que ella lo había visto desde la terraza, pero no se atrevió. Aunque no pensaba que lo siguiera ella al cobertizo de nuevo, no se quitó nada de ropa, por si acaso entrara ella. Reconocía que rendirse ante los encantos de Lilí podría llevarlo a la perdición, y el resultado recaería en su propia familia.

Ese reconocimiento lo paralizó, parado en el piso de hojas de madera. No se trataba de un juego. De alguna manera tenía que marcar claramente las limitaciones de la relación entre ellos sin lastimar a Lilí. Era todo un reto.

Aunque de verdad Enrique no la hubiera invitado de manera general, Lilí regresó al jardín todos los días de esa semana para ayudar en todo lo que hacía Enrique, como si la hubiera invitado a hacerlo. Ella había decidido que si Enrique quisiera alejarla del lugar, se lo diría. Hasta el momento, afortunadamente para ella, no había dicho nada.

La principal sorpresa para ella había sido su gran agrado al trabajar en el jardín, y no sólo por el tiempo que pasaba con Enrique. Su modo de vivir siempre había excluido la posibilidad de tener plantas caseras siquiera, y mucho menos un jardín que necesitaba de cuidados constantes. Pero al trabajar al lado de Enrique, el tiempo volaba.

De repente recordaría alguno de muchos días bajo el sol de su infancia; días que había pasado acuclillada en la tierra al lado de su mamá, gozando el sol hasta sentir la cara tersa y sucia. Recordaba cómo comía chícharos crudos directamente de la vaina y cómo cargaba las canastas de verduras a la casa para la cena. La limonada y el canto de los pájaros puntualizaban sus recuerdos, así como el compañerismo en silencio y el anonimato bendito. ¿Cómo pudo haberse olvidado de aquella vida?

Cada día esperaba impacientemente en la terraza de Gerardo, mirando en dirección del jardín, y al verlo llegar, se le agitaba el estómago. Como hoy. Lilí caminaba de un lado a otro sobre los adoquines calientes del piso de la terraza, esperando la llegada de Enrique por la esquina del cobertizo donde normalmente estacionaba su vieja camioneta blanca. No había llegado.

La ansiedad por la llegada de otra persona era ya solamente un recuerdo que ella había logrado enterrar años antes. Desde que su último novio, un atleta profesional que ella había creído estúpidamente que la amaba, había terminado con ella; había logrado insensibilizar sus sentimientos respecto a los hombres. Él la había lastimado con la misma facilidad con que atrapaba un balón de futbol y sin siquiera importarle lastimar a Lilí.

Después, ella se había concentrado en su trabajo y había prohibido a todos mencionar su nombre en presencia de ella, resuelta a no volver a enamorarse jamás... o por lo menos, eso pensaba. El dolor de amar a alguien sin ser amada era demasiado común en su vida y ya no lo soportaba. Si ella quisiera acurrucarse con otro ser, entonces tendría que comprarse un perrito. Eso es lo que había dicho una y otra vez a sus amigos, porque Lilí Luján estaba harta de ser utilizada por idiotas haciéndose pasar por atletas, tipos que la consideraban como mero adorno en lugar de la mujer con sueños y sentimientos propios que era.

Entonces, ¿cómo había logrado vencer sus defensas cierto jardinero fuerte y sensual en tan poco tiempo? Aquella sensación titubeante que no la dejaba ni respirar se apoderó de ella, y dobló los brazos sobre su abdomen. Por lo menos, él nunca la hacía sentirse como adorno... sino a veces todo lo contrario. Sin embargo, cada vez que ella se preocupaba por si Enrique no se sentiría atraído por ella, recordaría su mirada aquel día cuando la había observado desde la puerta del cobertizo, y sabría. Enrique estaba tan sintonizado con ella como ella con él, pero había algo que impedía su acercamiento. Ella estaba resuelta a descubrir cuál era la barrera. Pronto. Los días volaban, y le quedaba sólo un mes antes de tener que partir para París.

Recorrió la mirada alrededor de los jardines. ¿Dónde estaría él?

La desilusión la hizo suspirar, y decidió emprender el trabajo del día sin él. No era su guardián. Siempre existía la posibilidad de que le tocara descansar un día, aunque no lo había visto descansar ni un solo día. Sin embargo, eso no le impedía trabajar un poco a solas.

Rápidamente se cambió a un vestido cómodo de mezclilla, y luego metió su grabadora Sony en la bolsa de la falda, colocando los audífonos sobre sus oídos. Acababa de comprar el último misterio de Lupe Solano en cassette, el cual le serviría de compañía mientras trabajaba. Trepando hacia el jardín, eligió un macizo en forma de riñón lleno de jacintos y empezó a desherbarlo.

Pasó una media hora, y Lilí agarró un tren rítmico de trabajo. Torcía la mano, enredando yerbas alrededor de su palma, y las jalaba. Le agradaba la sensación de la solidez en las manos y el ruido que hacían las raíces al soltarlas la tierra. Tendría que recordar la sensación la próxima vez que se enojara con Gerardo. Sonrió.

Al terminar de desherbar la sección de jacintos, se paró para admirar su trabajo, absorta en la sensación de triunfo. Cada tarea lograda, por pequeña que fuera, era como tomar un paso hacia algo mejor. Un paso hacia la tranquilidad. De haberse dado cuenta de los beneficios terapéuticos de la jardinería, lo habría hecho desde siempre. Mientras gozaba del rico olor de la oscura tierra, una cálida brisa le acariciaba la piel y le movía el cabello. Había algo absolutamente elemental en esta relación directa con la tierra.

La asustó la mano cálida y áspera de Enrique al tocarle el hombro. Jadeó, y volteó a enfrentarlo antes de quitarse los audífonos.

—Volviste a asustarme.

Metió la mano a su bolsa y apagó su grabadora, y luego lo miró. Su sonrisa se esfumó.

—¿Qué haces, Lilí?

Ella señaló con un gesto en dirección al macizo de flores, sintiendo que se le cerraba la garganta como si fuera una niña castigada.

—Nada más pensé que podía empezar a desherbar un poco antes de que llegaras. Discúlpame si hice algo malo... debería haberte preguntado, ¿verdad?

—No fue mi intención... —Enrique tomó un paso atrás; sus manos colocadas sobre sus caderas. Agachó la cabeza y la sacudió, y luego levantó la mirada—. No fue mi intención ser brusco. Lo siento. De verdad que te agradezco todo lo que has hecho para ayudar...

Ella se cruzó de brazos, la náusea apoderándose de ella. Había logrado hacer enojar a Enrique, cuando lo único que había deseado era agradarle. De seguro que le iba a decir que ya no podía trabajar con él. Lo intuía.

—¿Pero?

—Esto se ve mal, Lilí.

Lilí echó un vistazo sobre su hombro en dirección al macizo de flores, preguntándose que si se habría equivocado al arrancar plantas en lugar de yerbas.

—Eso, no. El macizo de flores se ve bien —la mirada de Enrique parecía tan sentida como preocupada—. Pero si el señor Molinaro te fuera a descubrir, como *invitada*, haciendo mi trabajo, me correría.

—Pero...

Pero no acabó la frase. Comprendió perfectamente. Enrique trabajaba más que nadie que hubiera conocido en su vida. Llegaba todos las tardes al trabajo cuando era obvio que ya había trabajado un día completo en otro lado. Para Gerardo, sin embargo, eso no tendría la menor importancia. Enrique tenía razón. Extendió la mano y tocó los fuertes músculos de su brazo.

—¿Sabes? Creo que tienes razón. Discúlpame. No fue mi intención ponerte en mal con tu jefe.

—Yo sé que no fue tu intención —dijo asintiendo con la cabeza, su expresión un poco más relajada—. ¿Quizás pudieras trabajar en el jardín sólo cuando estemos juntos? Y cuando no esté aquí, podrías simplemente descansar.

Era un hombre sensato.

—Gracias —dijo ella, sonriendo.

—¿Todavía quieres trabajar un poco? —dijo Enrique, limpiando suavemente un poco de tierra de la mejilla de ella con su áspero dedo pulgar.

La sensación era más íntima que un abrazo o un beso, y ella anhelaba mucho más. Reconocía que su respiración se había vuelto entrecortada y que sus palabras la delatarían. En lugar de contestar, se limitó a asentir con la cabeza.

Las próximas dos horas pasaron rápidamente. Ella apreciaba el silencio al trabajar al lado de Enrique, que pocas veces hablaba si ella no hablaba primero. No se trataba de un silencio enojoso. Era simplemente una especie de respeto al trabajo y los sonidos de la naturaleza; un silencio en compañía. El ocaso había pintado el cielo con rayos de color añil con bordes de oro, y su discusión anterior había pasado al olvido. Volvió a sentirse el compañerismo que habían disfrutado durante las últimas semanas, para el mayor consuelo de Lilí.

Una mirada de reojo le aseguró que Enrique estaba perdido en su trabajo, sus manos expertas metidas en la

tierra, haciendo magia. Ella se despejó la garganta con
más ruido de lo que había esperado, y él levantó la mirada.

—¿Lista para dejarlo?

—Yo no. Si pudiera, me quedaría aquí toda la noche.

—Lo más probable es que yo sí que tendré que hacerlo
—dijo Enrique, riéndose y meneando la cabeza afligido—.
Me he atrasado en el trabajo.

Era el momento ideal. Ella irguió la espalda para descansar un poco y descansó las manos sobre su regazo.

—¿Tienes otro trabajo, Enrique? ¿Es por eso que llegas
siempre por las tardes?

Él apretó los labios y asintió con la cabeza, parándose
para ir por una bolsa de fertilizante. Ella lo observó entrar y salir del cobertizo. Al regresar, él explicó.

—Trabajo como voluntario en un proyecto. No es un
trabajo pagado, ¿me entiendes?

Ella asintió con la cabeza.

—Estamos construyendo jardines en una comunidad
para crear un lugar de descanso para la gente —señaló
con la mano a su derredor—. Para que puedan hacer
ellos lo que estamos haciendo nosotros.

—Creo que he oído algo respecto a eso —Lilí metió un
mechón de cabello atrás del oído, sintiéndose emocionada—. ¿Cómo se llama el proyecto?

—El Proyecto Arco Iris.

—Eso es. El Proyecto Arco Iris —ella recordó que se
trataba de un pequeño esfuerzo local. Sin embargo, había
sido muy efectivo, y por eso había tenido tanta cobertura
de prensa—. Hubo varios artículos en los periódicos hace
tiempo.

Él asintió con la cabeza.

—Decían que toda la comunidad colabora para mejo-
rar la calidad de vida ahí.

Ella lo observó mientras él llenaba un rociador con un
fertilizante químico maloliente que vertía de una bolsa
gruesa.

—Somos un grupo pequeño, todos voluntarios, pero vale la pena el proyecto. Quisiéramos tener más sitios para trabajarlos juntos en lugar de uno tras otro —se encogió de hombros—. Isaías y yo trabajamos juntos, pero los dos tenemos que trabajar en otras cosas para pagar las cuentas.

Señaló con una sacudida de la cabeza para indicar que ella lo siguiera. Atravesaron los jardines hasta una gran expansión con césped verde atrás de una media luna de arbustos de lila fuera de la vista de la mansión.

—¡Qué bonito! —miró a su derredor—. No conocía esto.

—Es un pequeño oasis —la guió a un banco chico—. Descansa aquí un poco, si quieres, mientras hago esto.

Ella se acomodó en el banco, observándolo mientras serpenteaba de un lado al otro por todo el césped. La arenosa sustancia color blanco moteado con café giraba desde el fondo del rociador, cayendo primero sobre la brizna para luego penetrar la tierra por debajo del pasto. Al emprender su tercer recorrido Enrique, ella se puso de pie.

—¿Puedo caminar contigo?

—Si gustas.

Ella deambuló al lado de él, cruzada de brazos, disfrutando de los cantos de las aves y el susurro de la brisa al pasar por las hojas de los árboles, y pensaba en lo que había dicho Enrique. Así que pasaba sus días como voluntario. Regalando sus labores, sin importarle su propio cansancio. Enrique era un hombre tan distinto a los demás hombres que ella había conocido. Hasta recordó la vez en que su ex novio había discutido con su equipo de futbol porque le habían hecho una oferta de contrato por medio millón de dólares menos de lo que había esperado. Si en ese entonces le había impactado la actitud del tipo, ahora le repugnaba. El cretino no había regalado ni un solo minuto de su tiempo, y tenía que haber ganado una suma astronómica por cada hora de trabajo, comparado con lo que ganaba Enrique. Era extraño cómo existían dos mundos tan distintos y tan cercanos a la vez...

Ella estudió el perfil angular de Enrique, luchando contra sí misma para no limpiarle el sudor que perlaba en su frente. ¿Cómo pensaba él que vivía ella? ¿Se imaginaría que ella se quejaría por una discrepancia de $500,000 en un contrato como el cretino del atleta? Le remordía la consciencia con sentimiento de culpabilidad. Ella había ganado honradamente su dinero, pero en gran parte se debía a la simple genética y porque había aprovechado todas las oportunidades que la vida le había brindado. Frunció el entrecejo. ¿Por qué sentía la repentina necesidad de defenderse?

—¿En dónde está trabajando el proyecto ahora? —preguntó, queriendo conocer más a fondo a este interesante hombre en lugar de sentirse culpable por gozar de una vida bastante acomodada—. Leí en el periódico que habían terminado con esa vecindad en la zona occidental.

Él asintió con un ruido gutural, su mirada enfocada en la tarea.

—Ahora estamos en mi vecindad, el Círculo de la Esperanza, en la zona norte de la ciudad.

El Círculo de la Esperanza, pensó Lilí. Era una vecindad muy modesta de inmigrantes a la que la mayoría de los residentes de Denver llamaban *El Barrio de las Tortillas,* debido a la gran población de mexicanos que vivían ahí. Habiendo crecido en los suburbios de Denver, ella jamás había entrado al Círculo de la Esperanza, aunque no quedaba lejos de donde estaban en ese momento. La vida en los Estados Unidos se había vuelto tan compartimentada, musitó, que cada enclave contaba con su propio grupo de tiendas de cadena. Quizás fuera igual en todas partes.

—¿Hay espacio para un jardín comunitario cerca de tu casa? —preguntó a Enrique.

—Sí. En realidad, estamos apenas empezando uno en frente de nuestra casa. Nuestro departamento está en la esquina de una plaza —levantó una mano luego de soltar el rociador y dibujó una forma en el aire—. La plaza estaba vacía. Era bien feo —sonrió. Vamos a convertirla en un sitio hermoso.

Lilí irradiaba calidez. Le parecía absolutamente apropiado que él viviera en un lugar llamado el *Círculo de la Esperanza*.

—¿Ahí vives con Isaías?

—Y con dos compañeros de cuarto más —dijo echándole una mirada fugaz, como si estuviera estudiando su reacción ante su manera de vivir—. Cuando llegamos de México, no nos alcanzaba el dinero para rentar una vivienda para nosotros solos —se encogió de hombros—. Ahora estamos acostumbrados a vivir juntos. Todos son hombres muy trabajadores, muy decentes.

Ella no lo dudaba.

—A propósito —dijo, echándole una mirada de reojo—, el señor Molinaro me ha dado permiso de tomar prestadas algunas herramientas para el proyecto. Si me ves llevando cosas, ya sabes por qué.

Parándose en seco, ella lo enfrentó. Claramente, él no quería que lo acusara de ladrón. ¿Es que realmente podía pensar que a ella se le ocurriera semejante idea?

—Enrique, no tienes que explicarte conmigo. Jamás dudaría de tu honradez.

Él apretó los labios y se encogió de hombros.

—No fue mi intención ofenderte. Uno tiene que ser precavido. Pensé que sería prudente mencionarlo.

Por la mente de ella corría la realidad de la injusticia, pensando que no debería existir ese tipo de desconfianza. Una punzada de compasión le apuñaló el estómago, y extendió la mano y la deslizó a lo largo de la espalda de él, como gesto de comprensión. Sin embargo, la sensación del algodón que estaba ligeramente pegado a los músculos humedecidos de sudor por debajo de la camisa la hipnotizó, y no pudo detenerse. Deslizó su mano hacia arriba, y de nuevo hacia abajo, y pudo palpar que él se tensaba al sentir su caricia. Aún así no se detuvo. Finalmente, él se quedó inmóvil. Volteando lentamente hacia ella, ella reconoció el ardor en su mirada, porque ella sentía el mismo ardor.

Ella fue acercándose a él, deseando que la tocara. Le urgía confirmar que él también reconocía la chispa de sensualidad que existía entre ellos. Necesitaba saber que ella no era la única que se consumía en ese ardor. Pero al contrario, Enrique le quitó la mano de su espalda. Sosteniendo la mano de ella en la suya, acarició el punto pulsante con movimientos rítmicos con su dedo pulgar.

Sus palabras salieron suaves e íntimas.

—No podemos, Lilita. Tú lo sabes como lo sé yo —su mirada buscaba una reacción en la expresión de ella.

—¿Por qué no? —susurró ella.

—Demasiadas complicaciones —dijo, humedeciendo los labios—. Si esta víbora te pica, no hay remedio en la botica. ¿Me comprendes?

Estaban jugando con fuego.

—Sí. Por lo menos comprendo las palabras, si bien no comprendo por qué piensas así —se fue acercando a él poco a poco hasta que sintió el calor que emanaba de su cuerpo—. ¿Lo dices por mí?

—Sí —contestó Enrique, con su acostumbrada honestidad. No debería haberse sorprendido ella—. Lo digo por ti, y por mí mismo —soltó la muñeca de ella y tomó un paso hacia atrás, señalando con la mano en dirección a la distancia entre ellos—. Y todo esto. Todo lo que nos separa.

—Qué es lo que nos separa, Enrique, ¿aparte de tú mismo? ¿Aparte de tu propia preocupación?

—No hagas esto.

—¿No quieres explorar esta...? ¿Esta atracción entre nosotros? Tú también lo sientes. Sé que lo sientes —se le secaron los labios, y se esforzó inútilmente en humedecerlos, pero su lengua estaba seca también. Él la rechazaba sin siquiera hacer la prueba, y una parte de ella estaba desesperada por hacerlo cambiar de parecer.

Después de varios momentos congelados en el tiempo, Enrique apoyó su palma contra la manija del rociador. Sus facciones formaron una expresión que ella no pudo descifrar mientras sus ojos oscuros recorrieron cada curva y ángulo de la cara de ella. Justo cuando ella pensó que no podía soportar ni un minuto más la intensidad de su mirada, éste levantó una esquina de la boca y sonrió tristemente.

—Sí, también lo reconozco. Pero lo que quiero hacer y lo que tengo que hacer muchas veces son cosas totalmente distintas.

—¿Y qué quieres decir con eso?

Enrique soltó un profundo suspiro por la nariz y deslizó los dedos sobre la clavícula de ella.

—Ay, Lilita. Hay un millón de razones por las que no podemos estar juntos. Ni siquiera puedo contar todas las razones.

A Lilí se le torcieron los músculos del estómago por la humillación y arrepentimiento. No le hacían sentido sus palabras.

—Pero estamos juntos ahora mismo —meneó la mano delante de ella—. ¿Cómo le llamas a esto?

—Esto es diferente.

—¿Cómo? —*¿Por qué estás tan ofendida, Lilí? ¿Tomas por entendido que cualquier hombre tiene que aceptarte?* Quizás no fuera de su agrado. Quizás era simplemente una manera de rechazarla sin lastimarla. Debería aceptarlo con dignidad, por difícil que fuera—. No... no me contestes. Es que...

Se dio cuenta de que su voz sonaba hueca. Hizo una pausa para tratar de sacar la cruda realidad de su voz. Tenía que tratar de nuevo; de conversar como si no acabara de sufrir un rechazo que había asaltado su amor propio y que le había dolido en el alma. Era una mujer madurita. Podía soportar el rechazo.

—¿Qué? —dijo Enrique, bajando el mentón y levantando el de ella con un nudillo, hasta que logró que ella lo mirara.

—Lo que quiero decir es que... pues parece que nos llevamos muy bien.

Él inclinó la cabeza, concediendo el punto, con una expresión mezcla de tristeza y resignación en sus ojos color de café.

—Muy bien —admitió.

Ella volteó las manos, sintiéndose impotente. Estaba apenada.

—Entonces, me supongo que no comprendo —dijo titubeante.

—¿No? —su pregunta sonó vagamente escéptica. Hizo un gesto alrededor de ellos—. Vivimos en dos mundos totalmente distintos, mi ángel. En mundos tan diferentes que es increíble que nos encontráramos en el mismo lugar y en el mismo momento. No podemos cambiar la realidad.

—Pero... ¿importa eso?

La miró durante un largo rato, y luego asintió con la cabeza, con una expresión llena de arrepentimiento y resignación ante su decisión. Recorrió todo lo largo de la mejilla de ella con la mano, y luego le dio un apretón en el brazo.

—Sí. Importa mucho.

Capítulo Cuatro

—Hola... —Esme tronó los dedos dos veces—, Tierra a Lilí, comunícate por favor, Lilí.

Desconcertada, Lilí miró a sus dos mejores amigas al otro lado de la mesa del restaurante a media luz, apenada porque la habían sorprendido fantaseando. Soñar despierta se le había convertido en costumbre durante las últimas semanas, y más aún desde el rechazo del día anterior.

—Perdón —cerró los ojos y sacudió la cabeza—. ¿Qué decían?

Sus dos mejores amigas, Esme Jaramillo y Pilar Valenzuela, intercambiaron miradas crípticas y luego la volvieron a mirar. Pilar cubrió la mano de Lilí con la suya.

—Chica, si estuvieras un poco más desconectada del mundo, tendríamos que internarte en un manicomio. ¿Qué es lo que te sucede?

Siempre que se encontrara en la ciudad, solían comer juntas cada semana, como rito de la amistad. Dado que no había sido posible muy seguido durante varios años, ella disfrutaba mucho estas ocasiones. Reconocía que no era justo no hacer caso de las dos personas que jamás la habían rechazado —ni siquiera durante aquel viaje de campamento cuando un zorrillo la había orinado— nada más porque había sido rechazada por un tipo. *Él no es cualquier tipo, y bien que lo sabes.* La emoción hacía trizas su estómago.

—Primero comamos, y luego platicaremos —sugirió, esforzando una sonrisa demasiado alegre en la cara.

Venían seguido a este restaurante de hamburguesas en

especial porque nadie parecía reconocer a Lilí, o si la re-
conocían, por lo menos nadie las interrumpía mientras
comían. Las tres siempre se sentaban en una cabina oscura con respaldos altos durante por lo menos tres horas,
poniéndose al corriente de los chismes mientras gozaban
de comida grasosa y bebidas adornadas por pequeños pa-
rasoles de papel hasta quedarse a punto de reventar. Muchas veces tenían que desabrochar los botones superiores
de sus pantalones para poder respirar.

Durante los próximos momentos, enfocaron su atención en los enormes menús que conocían de memoria,
exclamando al descubrir nuevos platillos y alegando de
que si las margaritas sabían mejor congeladas o sobre las
rocas. La música de fondo amortiguaba las conversacio-
nes de los clientes a su derredor, y los olores de la carne a
la parrilla y de las fritangas aromatizaban el ambiente. Al
nublarse las selecciones ante sus ojos, ella volvió a pre-
guntarse: *¿Por qué no me quiere?*

Ella había reconocido en los ojos de Enrique la mutua
atracción física que existía entre ellos, así que no era por
eso. No creía ella que tuviera una novia, porque probablemente la habría mencionado. Enrique no parecía ser
de la clase de hombres que guardan ese tipo de secreto.
Tenía que ser por la otra razón, la que ella se empeñaba
en no aceptar. Era posible que un hombre tan centrado y
auto-suficiente no pudiera interesarse en una mujer que
ocupaba un sitio tan superficial en el mundo. ¿Cómo podría demostrarle que ella era más profunda que su perso-
naje profesional si ni ella lo creía del todo? Mordió el
labio, desesperadamente urgida de los consejos y el apoyo
de sus amigas, pero estaba empeñada en esperar por lo
menos hasta que hubieran disfrutado de la tradicional ca-
nasta de queso frito y aderezo de rancho. Sólo entonces
podría abrirse de capa con ellas.

Pidieron sus comidas, platicaron de cosas insignifican-
tes, y pronto llegaron la orden de palitos de queso y las
margaritas; dos en las rocas y una congelada.

Pilar, quien como mujer diminuta de escasamente un metro cincuenta siempre se quejaba por las mesas tan altas, se sentó sobre un pie para levantarse un poco. Extendió la mano sobre la gran mesa de roble para tomar un palo de queso, y emitió unos rugidos desde las profundidades de su garganta.

—No hay nada mejor que la grasa frita remojada en más grasa para lanzar la perfecta comida entre puras amigas.

—No sería igual sin la grasa —rió Esme.

Las dos observaron a Lilí, quien normalmente sería la primera en atacar la botana. Al tomar su segunda botana ambas chicas antes de que ella tomara la primera, Esme suspiró.

—Ándale, Lilí. Vamos a olvidarnos de comer primero, y todo eso. No estás comiendo de todos modos. ¿Qué es lo que pasa?

Lilí tomó un palo de queso, en son de rebeldía. Después de remojarlo con el aderezo lo probó, y después de masticarlo bien lo tragó con un gran trago de su coctel.

—Conocí a un hombre maravilloso —dijo por fin.

—¿Cómo? —gritó Pilar—. ¿Y nos querías hacer esperar? A ti te toca la tinta roja esta noche, Lilí.

Su pequeña amiga hizo una mueca, y Lilí se rió. Pilar se había dedicado a escribir diarios extensivos de todas sus actividades desde la infancia. Cuando escribía de alguien en tinta roja, significaba que estaba molesta con esa persona.

—¿Y qué pasó con tu lema cuando te abandonó el otro cretino? ¿Que si querías acurrucarte con alguien ibas a comprar un perro? —preguntó Esme.

Lilí suspiró, sacando la pequeña sombrilla de papel color turquesa de su bebida para chupar la espuma de la punta del palillo.

—Bueno, pues me supongo que lo que sucedió fue *él*.

—¿Quién? —susurró Pilar.

—El tipo que conoció —contestó Esme, mirando en dirección de Lilí para afirmación—. ¿Verdad?

Lilí asintió con la cabeza.

—Entonces, ¿quién es? —preguntó Esme.

Siguió una pausa incómoda mientras Lilí pensaba en las posibles reacciones de sus amigas.

—Es el nuevo jardinero de Gerardo —observó sus caras, pero no pudo descifrar sus expresiones. Las tres habían hecho un pacto en la secundaria de guardar sus opiniones de cualquier hombre hasta escuchar todo el relato. Doce años después de graduarse, seguían cumpliendo con su promesa. Ella sonrió, regocijándose en la seguridad de su amistad.

—Se llama Enrique Pacías. Es mexicano, y tiene visa para trabajar. Es alto...

—¿Alto? —preguntaron las dos a la vez.

—Sí. De tez oscura y guapísimo también. Y es un dulce de hombre. Pero no demasiado dulce si me comprenden —se acomodó en su asiento, y luego miró a las dos mujeres—. Pero...

—¿Cómo de que *pero*? ¿Qué más hay? —preguntó Pilar, envolviendo la mano alrededor de la base de su enorme copa llena de margarita—. Si conoces a un tipo maravilloso y ¡ya!, entonces tu cara no tendría esa expresión de alguien que acaba de presenciar el asesinato de su gato.

Lilí refunfuñó en voz baja para demostrar su asombro y echó una mirada en dirección a Esme en espera de un poco de apoyo.

—Pilar tiene razón —dijo Esme, encogiéndose de hombros.

—De acuerdo. Tienen razón.

Lilí explicó a grandes rasgos cómo se conocieron, cómo habían estado atendiendo juntos el jardín, y todo respecto al trabajo de él como voluntario. Al terminar su relato, hizo una mueca de dolor.

—Nada más que hay un problema —agregó.

—¿Un problema? ¿Cuál? —preguntó Esme, empujando a sus lentes sobre el tabique de su nariz—. Hasta este momento suena punto menos que increíble el tipo.

—Es increíblemente maravilloso —Lilí se sentó hacia atrás, su mirada fijada en la mesa, y giraba la sombrilla de papel entre sus dedos—. Pero no quiere nada conmigo.

—Entonces es homosexual —dijo Pilar, sin titubear. Esme le pegó, y Pilar frunció el entrecejo—. ¿Qué? —señaló a su famosa amiga al otro lado de la mesa—. Ella es Lilí Luján, por el amor de Dios. Si no le interesa al hombre, entonces el tipo tiene problemas que ni yo quiero saber.

—A mí no me interesa la clase de hombres que quisieran salir con Lilí Luján... —dibujó puntos suspensivos en el aire con los dedos—, y ustedes lo saben muy bien. Quiero al tipo de hombre que me quiera por mí misma. Quiero que Enrique me quiera —bajó la mirada, sintiendo el calor de las lágrimas que estaban a punto de brotar de sus ojos, y bajó su tono de voz—. Desde hace mucho tiempo que no deseo nada con tanta fuerza. Pero no quiere nada conmigo.

Pilar apretó los labios y le dio una palmadita a la otra mano de Lilí.

—De verdad que te comprendemos, amiga. No quise ser irrespetuosa.

Hicieron una pausa mientras la mesera les servía sus entradas, esperando que se retirara para seguir la conversación.

—¿Cómo puedes estar tan segura que no quiere nada contigo? —preguntó Esme cuando la mesera se había retirado.

Sin saber cómo le caería la comida con el estómago revuelto por los nervios, Lilí empujó su plato a un lado.

—Porque me lo dijo.

—¿Así nada más? —Esme parpadeó, asombrada.

—Más o menos —meneó las manos sobre la mesa—. Coman ustedes. No me esperen—esperó mientras colocaban sus servilletas de lino verde sobre sus regazos y comenzaban a comer antes de seguir—. Bueno pues, ¿por dónde debo empezar?

—Platícanos todo —dijo Esme con un cuchillo en la mano—. Descubriremos las partes buenas.

A grandes rasgos Lilí las puso al corriente de todo lo que había sucedido la noche anterior, y luego se encogió de hombros.

—Y eso es todo —agregó—. Al hombre no le intereso para nada. Él y su hermano menor están aquí para mantener a su familia en México, y me supongo que no le queda tiempo para más. No sé.

—¿Sabe quién eres, Lilí? —preguntó Esme mirándola fijamente.

—Sabe, pero parece que no le importa —Lilí desdobló su servilleta de lino y sacó el tenedor. Lo tamborileó sobre la mano debajo de la mesa—. Es una de las principales razones por las que me agrada tanto estar con él.

—Porque te acepta —dijo Pilar.

—Así es. Y porque no me trata diferente.

—Probablemente por ser extranjero, porque comprende cómo se siente estar solo y acompañado a la vez —murmuró Esme.

Lilí la miró fijamente. ¿Cómo había llegado a ser tan inteligente Esme? Bueno, aparte de la década que pasó en la universidad y en estudiar su posgrado. Esme, como científica de investigación, siempre analizaba las cosas del punto de vista de la lógica. Y, como siempre, tenía algo de cierto lo que había dicho. Por ser famosa y reconocible, Lilí habría preferido no aislarse tanto. Enrique parecía estar algo aislado también.

—Sí que parece como que me comprende, ¿sabes? Si sólo pudiera yo...

—¿Qué es lo que le gusta hacer? —interrumpió Pilar.

—¿Cómo? —Lilí frunció la frente.

—Me refiero a sus pasatiempos y sus intereses. Investiga cuáles son sus pasatiempos y pide acompañarlo cuando se dedica a ellos. O simplemente acompáñalo sin preguntarle primero. Quizás se trate de que simplemente no se siente suficientemente cómodo contigo aún, como para hacer todos los planes.

Lilí puso sus ojos en blanco.

—Claro, éste me parece muy natural: "Enrique, oí que te gusta la filatelia, y estando por casualidad en el correo..."

—De acuerdo, de acuerdo. Tal vez es demasiado forzado —concedió Pilar.

Lilí asintió con la cabeza. No quería parecer lanzada con un tipo que no quería nada con ella.

—Ya le hice saber que me interesa... más o menos —dijo sonrojándose.

—¿Te aventaste? —rechinó Pilar, inclinándose hacia adelante hasta llegar a media mesa donde la luz de la lámpara le iluminaba su cabello rojizo.

Lilí se sintió apenada.

—S-sí, Pilar, me supongo que me le aventé.

—Lilí, Lilí —dijo Pilar, chasqueando la lengua—, hay que aprender de los bebés, chica. Tienes que gatear antes de caminar. Retírate un poco e intenta ser su amiga, y yo te garantizo que caerá tarde o temprano. ¿Cómo puedes no gustarle? Y *no* me refiero a tu carrera, tampoco.

Lilí sonrió a sus amigas desde el otro lado de la mesa, disfrutando el calor de la amistad. Le temblaba el mentón y se mordió la lengua.

—¿Lo creen de verdad? —preguntó.

—¡Sí! —exclamó Pilar.

—¡Por supuesto! —agregó Esme.

Las tres se rieron respecto a su habitual costumbre de discutir los problemas de cada quien.

—Si realmente te gusta este tipo, entonces tienes que armarte de valor y arriesgarte. Si funciona, valdrá la pena —dijo Esme, explayando la mano izquierda sobre la mesa y sonriendo al mirar a su nuevo anillo de compromiso en su dedo anular—. Te lo aseguro.

Las tres amigas miraron al anillo que portaba Esme en su delgado dedo. Sus uñas eran cortas y pulimentadas para sacar un lustre natural. Pilar, que tenía doce años de casada, colocó su mano descuidada al lado de la de Esme, para comparar el brillo de su juego de anillos de matrimonio contra el anillo de Esme. La mano de Lilí no portaba anillo alguno, pero sí tenía una perfecta manicura. Colocó su mano dedo a dedo al lado de las manos de sus amigas, y se dio cuenta de que la condición de las manos de la gente reflejaban su modo de vivir. Retiró su mano rápidamente, desagradada por el mensaje que daba su propia mano.

Era suave, consentida, y vacía.

Quizás fuera por eso que Enrique no mostraba ningún interés en ella. A pesar de la condición de sus manos, ella no era ni suave, ni consentida, ni era vacía. ¿O sí? Apretó fuertemente los labios, sin conocer la respuesta, pero estaba empeñada en demostrarle a Enrique —y a sí misma— que no era cierto.

—¿Rico? ¡Rico!

Una bolita de tierra del jardín le pegó a Enrique al lado de la cara y se deshizo, y un poco de la tierra cayó por la nuca dentro del cuello de su camisa. Enrique giró sobre su talón en dirección a la fuerte risa de Isaías, al mismo tiempo sacudiendo la tierra de su camisa, de su cuello y de su oído.

—¿Qué demonios estás haciendo? —gruñó.

—Estoy tratando de hacer que me hagas caso como lo he hecho durante los últimos cinco minutos. Estás en otro planeta —Isaías se abrió de brazos, y para hacer énfasis, miró alrededor del campo de tierra recientemente arada para sembrar su nuevo jardín comunitario—. La vida sigue en todas partes, hermano. Disfrútala antes de perderla —sonrió levantando el mentón—. ¿Qué mosca te ha picado?

—Nada, mosquito —espetó Enrique, pero se levantaron los extremos de sus labios involuntariamente—. Tenemos mucho trabajo, por si no te habías fijado.

Jamás había podido enojarse realmente con su encantador hermano, especialmente cuando tenía razón Isaías. Y era cierto. Por todos lados los hombres estaban riéndose mientras trabajaban. Un avión estaba dibujando una cola blanca en el cielo. Las bocinas de los coches sonaban y cantaban los gorriones. Se escuchaba el ritmo de las cumbias que tocaban en una casa de la vecindad. Sin embargo, no había ni visto ni oído nada al estar parado como una estatua en medio del sitio de trabajo, sus pensamientos consumados por Lilí Luján y la conversación tan dificultosa que habían sostenido en el jardín del señor Molinaro.

Sin embargo, era algo que no tenía intención alguna de confesarle a Iso.

No estaba de humor para las burlas e insinuaciones de su hermano. Ni siquiera había confesado a nadie que había conocido a la superestrella, y francamente, no tenía por qué hacerlo. Lilí jamás llegaría tener contacto ni con su familia ni con sus amigos. Levantó el mentón. La había complacido en su deseo de atender al jardín por simple cortesía, y por ser invitada de su jefe. Su relación con ella no llegaba más allá del jardín. Bueno... quizás hubiera alguna atracción, pero era lo normal entre jóvenes adultos sanos. No significaba nada. *¿A quién quieres convencer, Enrique?*

Acallando su consciencia, se dejó conjurar una imagen de ella con el sol brillando sobre sus hombros y una expresión determinada en su hermosa cara. Se le hinchó el corazón de orgullo. Por suave y femenina que fuera la mujer, le había impactado su manera tan dura de trabajar. Recordaba aún el sudor que había recorrido desde su cuello hasta su pecho, dejando marcas limpias en la tierra que se le había quedado pegada ahí. Sus labios formaron una sonrisa privada ante la imagen. Ella había logrado ensuciarse con tierra en todas partes, aún cuando desherbaba nada más; en su cara, en su pecho, hasta en su cabello. Él no la había visto haciendo maromas en la tierra, pero no se explicaba de otro modo su habilidad tan insólita de ensuciarse.

—Esa sonrisa te da toda la pinta de un imbécil perdidamente enamorado —dijo Isaías, colocando las manos sobre su cadera—. ¿Hay algo que quieres platicar con tu hermano?

A Enrique se le contrajeron los músculos del estómago.

—¿Enamorado? ¡No seas ridículo!

Miró a su hermano. Era diez centímetros más bajo que él, pero mucho más musculoso. Su guapo hermano tenía suerte con las mujeres, pero Enrique era demasiado severo; demasiado serio y demasiado... distinto a Iso para el gusto de las mujeres. ¿Enamorado? ¡Ja! Su hermano estaba loco si así lo pensaba. Tragó en seco.

¿Soy tan transparente?

Levantó de golpe la manija de la carretilla, esquivando la mirada de Isaías así como sus propias inquietudes internas, y la empujó sobre la tierra desnivelada a tirones.

—He estado trabajando demasiado como para andar con mujeres o guardar secretos —dijo por encima del hombro—. Deberías intentarlo alguna vez.

—Como soy un jovencito muy inteligente, tengo tiempo para las dos cosas —Isaías desató el paliacate que usaba en el cuello y con él se limpió la frente—. Si no puedes gozar de las mujeres ni de los secretos, entonces ¿qué chiste tiene la vida? Es lo que he tratado de decirte, hermano, desde la adolescencia.

Y mucho antes, musitó Enrique. Se detuvo para cargar unos pedazos de concreto quebrado que habían sacado al arar la tierra y fingió echar una mirada feroz en dirección de Isaías.

—Y yo he tratado de explicarte durante los mismos años que hay cosas más importantes en la vida que andar haciendo el amor y tomando cerveza —dijo.

—El día que me lo demuestres, lo dejaré de hacer. Hasta entonces —guiñó el ojo—, muchas mujeres y poco tiempo, ¿no?

—Algún día de estos vas a despreciar a la mujer de tu vida por tu afán de conocer a la próxima —espetó Enrique.

—Cuando eso sucede, te daré la razón —Isaías atravesó el campo para ayudar a Enrique—. Por lo menos estoy haciendo la lucha.

Enrique sintió un destello de admiración por su hermano, y agachó la cara para ocultar su sonrisa. Isaías era siete años menor que Enrique; tenía veinticuatro años. Sin embargo, a veces Enrique estaba convencido que su hermano había logrado comprender la vida desde el momento de nacer. Le envidiaba su ánimo y su personalidad extrovertida, pero se suponía que eran atributos sólo para el hermano menor. Por ser el mayor de los hijos, él tenía demasiadas responsabilidades como para poder soltar la rienda como lo hacía Isaías, quien se consideraba siempre la vida de la fiesta.

—No olvides que soy mayor y más inteligente que tú —dijo, levantando las cejas e inclinando la cabeza en dirección a su hermano.

—Lo de ser mayor es obvio —bufó Iso—. Hablas como una abuelita toda canosa —señaló con la mano a Enrique, con una expresión de repugnancia en la cara—. Sigue así y te voy a comprar una bata de casa para hacer juego a tu actitud.

—¡Cállate!

—Siempre me callas cuando atino la verdad. Eres tan predecible como un perrito faldero —Isaías pareció estar orgulloso de sí mismo al observar a Enrique con renovado interés. Entrecerró los ojos y se mordió la parte inferior del labio—. No puede ser más obvio.

—Y ahora, ¿qué? —suspiró Enrique.

—Algo te trae loco. No lo puedes negar —le pegó en el pecho con un puño—. Soy tu hermano. Te conozco más que tú mismo. Salvo que te hayas sacado la lotería, te apuesto dos cervezas heladas que se trata de una mujer.

—Ya te dije que no hay ninguna...

—Aliviánate. Te comprendo, Rico —Isaías volteó las palmas hacia adelante e inclinó la cabeza de lado, fingiendo gran ecuanimidad—. Tienes miedo de presentar a la mujer con el ladrón de corazones —aspiró por la nariz con arrogancia—. Es muy inteligente de tu parte mantenerla lejos para que no se enamore de mí. ¿Cómo de que no?

Enrique se rió en voz alta.

—Cualquier mujer que me pudiera interesar no sería capaz de ser engañada por tus flexiones de músculos ni por tus encantos, chulo. Y guárdate tu apuesta, porque no tengo tiempo ni para tomar una cerveza esta noche —meneó la cabeza, sin poder decidir si sonreír a su hermano o pegarle. Siempre había sido lo mismo, desde su infancia.

—Está bien, pues. No hay ninguna mujer. Si tú lo dices. Reconozco que sería tanta novedad que se publicaría en todos los periódicos si por puro milagro llegaras a salir con una mujer.

—No me busques, hermanito.

Su advertencia cayó en oídos sordos.

—Sin embargo, lo que sea que te tiene tan contento y animado, Enrique, que lo disfrutes... siempre y cuando sea legal —levantó de golpe el mentón—. ¿Es legal?

—¿Quién te mete, Juan Copete? —dijo Enrique, echándole una mirada feroz.

Isaías luchó para fingir una mirada inocente, levantando los hombros con la exageración de un acusado inocente.

—¿Es tan malo desear a mi hermano la felicidad?

—Iso...

—Tomas la vida demasiado en serio —Isaías le dio una palmadita en el hombro y bajó su tono de voz como si compartiera una conspiración con él—. Aprende a tu hermanito. Conozco a muchas damas que con gusto te ayudarían a salirte de tu...

—Ya te agarré el sentido, Iso —sujetó a Iso por la ca-

misa y lo atrajo hacia él—. Y si llega el día en que necesite
yo la ayuda de mi hermano para buscar una novia, serás
el primero en enterarte. Y ahora, cambia el tema y ayú-
dame a terminar.

Iso asintió lentamente con la cabeza; la diversión que
sentía estaba marcada en sus ojos rodeados por voluminosas y oscuras pestañas, y luego alisó las arrugas de su camisa de manera exagerada, pero respetó los deseos de
Enrique. A pesar de sus bromas y a pesar de sus momentos serios, su relación siempre había sido cimentada en el
respeto mutuo. Era el respeto que los mantenía tan unidos.

Durante varios minutos, trabajaron juntos, cargando la
carretilla con los pedazos de concreto para llevarlo a la
vieja camioneta Chevrolet de Isaías que usaban para llevar la basura a los tiraderos. Al terminar de limpiar el
campo de toda la basura, se sentaron un momento en la
parte trasera de la camioneta, compartiendo la última
Pepsi que tenía Isaías.

—¿Vas a trabajar en la casa del millonario otra vez esta
noche?

—Sí —Enrique exhaló lentamente por la nariz. Peinó
el cabello con los dedos, reconociendo por primera vez lo
cansado que se sentía, y que estaba de malas. En parte era
por las largas horas de trabajo. En parte, era por ella—.
Trabajo todas las noches. Entre este trabajo y el otro, apenas sé como me llamó.

—Pero es el otro trabajo que paga las cuentas.

—Lo sé.

Mirando a su derredor, Isaías frunció la frente por la
preocupación.

—Necesitamos más ayuda aquí. Quiero que este jardín
sea el más hermoso, dado que —señaló con la mano en
dirección de un edificio de departamentos a su izquierda— será nuestra vista desde la ventana de la sala
—enchuecó la boca—. No debo tener preferencias, ¿verdad?

—Yo lo veo igual —Enrique le sonrió a medias—. Octavio dijo que iba a traer a más hombres la semana entrante. Natalio va a traer a su nueva esposa, Judit, y a su hermana. Puse un anuncio en los periódicos hispanos para pedir voluntarios, también. Saldrá bien, ya verás —hubo una pausa, hermano con hermano, en que todo se dijo sin los límites impuestos por las palabras—. ¿No lo hemos logrado siempre?

—Es que a veces me pregunto a qué horas se vaya a acabar nuestra suerte.

Enrique tomó de la lata, y luego la pasó de nuevo a su hermano.

—No cambiará si no nos damos por vencidos. El jefe dijo que puedo tomar prestada toda la herramienta que necesitemos del cobertizo, y eso nos ayudará mucho.

—¿Qué tanto tiene? —preguntó Isaías con un rugido de reconocimiento.

—Todo —dijo despectivamente Enrique—. Siempre y cuando lo cuidemos, podemos usarlo.

—¡Excelente! Podemos empezar luego, luego —asintió con la cabeza Isaías, y miró más fijamente a su hermano. Silbó entre dientes—. No quiero ofenderte, Enrique, pero te pareces a un perro después de correr atrás de un camión. ¡Qué lástima! Olvida lo que dije de andar con una mujer. Cualquier mujer tendría que ser chimuela y estar ciega para fijarse en un tipo como te ves ahora.

—Ya te dije —exclamó Enrique con un suspiro—. Estoy trabajando muy duro. No tengo tiempo para arreglarme y darme lujos como tú y tus amiguitos.

Isaías se rió.

—Hablando de tiempo perdido, es tu última oportunidad para tomar una cerveza con nosotros. ¿Qué dices? Es más que obvio que te hace falta.

—No puedo. Ya te lo dije. Todavía tengo mucho trabajo en la residencia.

No era del todo la verdad; había logrado hacer mucho durante la última semana con la ayuda de Lilí. Sin embargo, si admitía que simplemente *quería* estar ahí, tendría que dar toda una explicación sobre Lilí Luján, y no estaba dispuesto a compartir con nadie el poco tiempo que se daba el lujo de pasar con su ángel del jardín. Ni siquiera con Isaías, la persona más allegada a él en el mundo.

Ni siquiera sabía si ella regresaría a su lado después de anoche. Estaba sumamente arrepentido, y Enrique intentó no pensar en ello, y reconoció que tenía que guardar el secreto. No importaba cómo lo explicara a Iso, su hermano exageraría todo a proporciones gigantescas, poniendo en ridículo no sólo a él, sino a Lilí también. No podía resultar en nada la atracción entre ellos. ¿Para qué empeorar las cosas?

—Has pasado demasiadas horas trabajando aquí. Si quieres, yo te acompaño para ayudarte.

—No —dijo Enrique, demasiado rápido. Se encogió, sabiendo que su hermano había sobreentendido su respuesta veloz por la expresión en su cara—. Eres demasiado joven para pasar la vida entera trabajando —dijo.

—Justo lo que estaba pensando, hermano. Va con copia para ti.

—Dile eso a mamá y a las gemelas cuando no gane lo suficiente como para poder enviarles dinero algún mes de estos.

Isaías le dio una palmadita en el hombro.

—En otra ocasión será, entonces.

Ofreció lo que quedaba de refresco a su hermano, pero Enrique lo rechazó.

Isaías tiró la cabeza hacia atrás para terminar el refresco.

—A propósito —agregó Enrique—. Pienso quedarme en la casa de Molinaro esta noche, y probablemente mañana también para ponerme al corriente con el trabajo, así que tendrás toda la casa para ti solito —hizo una pausa para dar énfasis a sus palabras—. Pero no conviertas a tus hermanitas en tías todavía, ¿eh?

Isaías aplastó la lata en la mano, arqueando una ceja.

—¿Debo amonestarte sobre lo mismo?

Ahí estaba el metiche de nuevo. Enrique le echó una mirada que decía que él también lo conocía muy bien.

—Ni creas que compartir un refresco contigo me inspire a contarte mis intimidades.

—¿Crees que nada más para eso compartí mi refresco contigo? —exclamó Isaías, fingiendo estar lastimado. Desafortunadamente, no pudo contener la risa al haberse descubierto su artimaña—. Me ofendes —dijo entre risas.

—¡Cómo no! —Enrique se limitó a menear la cabeza—. No olvides que no puedes engañar al hombre que alguna vez te cambió los pañales.

Capítulo Cinco

Para el gran asombro de Lilí, Enrique estaba trabajando ya cuando ella salió descalza a la terraza, el lunes por la mañana, cargando una taza de café caliente en la mano. Simplemente al mirarlo, se apoderó de ella una dolorosa punzada de deseo insatisfecho. Aunque se preguntara por qué no estaría trabajando en el Proyecto Arco Iris, se emocionó al saberlo cerca. Necesitaban hablar. Desafortunadamente, su falta de valor le impedía tomar el toro por los cuernos para marchar escaleras abajo y enfrentarlo. Él no le había dicho que no fuera a regresar, pero ella decidió que sería más cómodo que la encontrara él en el jardín en lugar de lo contrario. Después de todo, ella era la rechazada, y estaba segura que no soportaría volver a ser rechazada.

Lo observó desde un sitio medio escondido en la terraza, pasando el rato. Finalmente, alrededor del mediodía, lo miró cuando éste dejó un aparato en que había estado trabajando y subió su alta figura a su camioneta. Seguramente iba a comprar refacciones, se supuso, porque no había guardado sus cosas como lo hacía al terminar de trabajar. Escuchó el camión alejarse, y de pronto decidió aprovechar la oportunidad.

Al ritmo del fuerte latido de su corazón, corrió a sus habitaciones y se puso su más viejo pantalón rajado de hacer ejercicio, sus zapatos de tenis Chuck Taylor, y una camiseta negra manchada de pintura que decía: LA TIERRA ESTÁ LLENA. REGRESE A CASA. Alzó su cabello en un nudo desgreñado y lo sujetó con un sujetador, y luego corrió escaleras abajo, saliendo por la puerta hacia el jardín. Esperaba poder contar con unos cuantos minutos a solas para ensayar su postura de serenidad antes de que él regresara.

Mientras se puso a desherbar un macizo de flores multicolores de altramuz y de lino perenne, pensó en cuál sería su próximo paso. Realmente no había planeado nada más allá de lo que estaba haciendo en ese momento, y sólo esperaba que su atuendo demostrara que Lilí Luján no era ninguna holgazana delicada, ni consentida, y mucho menos superficial. Ella quería demostrarle que podía andar muy desarreglada y trabajar en la tierra como cualquier obrero; y que podía divertirse mientras lo hacía.

En menos de quince minutos, se escuchó el crujido de llantas pasando por encima de la grava en la entrada trasera que llegaba a la cabaña del jardinero, y luego escuchó cuando la camioneta se detuvo. Al escuchar el rugido metálico de la portezuela al abrirse para luego cerrarse, así como el motor que hacía ruido al enfriarse; se dio cuenta de que estaba sumamente emocionada. Él podría decirle que se fuera al demonio y todo se acabaría ahí mismo. O... no. De cualquier manera, ya era hora de desengañarse.

Ella siguió desherbando metódicamente el macizo de flores, empeñada en aparentar que estaba muy cómoda, a pesar de su nerviosismo que ni siquiera le permitía sentir sus extremidades. Se movía torpemente y se le agitaba el pecho con cada respiración.

Los pasos se acercaron a ella, y tuvo que armarse de toda la fuerza de voluntad que tenía para no voltear con la patética mirada que sabía que tenía su cara; la que suplicaba ser deseada. Mirando hacia abajo, pudo notar su pulso a través de la piel de su muñeca. Hacía mucho tiempo que no le aceleraba el pulso un hombre.

Por favor, ¡que funcione esto!, susurró silenciosamente.

—¡Enrique! —dijo una voz suave de tenor detrás de ella—. ¿Estás aquí?

Desconcertada, Lilí se puso de pie de un brinco y volteó, automáticamente limpiándose la tierra de las palmas
de sus manos. Un joven que venía dando la vuelta a la esquina de la cabaña se detuvo repentinamente, y se quedó
boquiabierto.

Su ancha espalda acababa en una cintura delgada, y la
musculatura de su torso hacía que sus corpulentos brazos
colgaran alejados de su cuerpo. Era más bajo que Enrique pero el parentesco era inconfundible. Así como Enrique aparentaba ser poco pulido y salvaje como un lobo,
este hombre parecía ser pulido y tan perfecto como un
corcel negro... los dos iguales de hermosos, y de manera
abiertamente masculina.

—¿Isaías? —para ella era obvio por el mentón firme,
los hoyuelos, el corte estilizado de cabello negro, que
se trataba del hermano menor de Enrique a quien
"le urgía tener un celador," como lo había descrito
Enrique tantas veces al trabajar a su lado. Con una simple mirada a este seductor, ella no lo dudaba. Era el
tipo de hombre del que todas las madres advertían
a sus hijas y que todos los padres despreciaban. Ella
sonrió, encantada por su inesperada llegada—. Hola
—agregó.

—¡Madre de Dios! —él se persignó rápidamente, terminando con un beso en la orilla del nudillo de su dedo índice—. Yo no sabía que las oraciones se contestaran de
manera tan literal.

Riéndose tanto por su sentido del humor como por sus
aptitudes melodramáticas, ella dio la vuelta alrededor del
macizo de lirios que había sembrado con Enrique, y se
acercó a él.

—Si venías a buscar a tu hermano, se acaba de ir —señaló en dirección al aparato descompuesto cerca del cobertizo—. Puedes esperarlo si gustas.

—Y-yo estoy aquí para recoger un equipo que dijo el
jefe de Enrique que podíamos usar —respondió tartamu-
deando. La manzana de Adán de Isaías subió y bajó mien-

tras tragaba convulsivamente. Hizo una seña en dirección a ella, con la rigidez de un hombre en estado de choque—. Us-usted es Lilí Luján, ¿verdad? Aquí parada delante de mí.

—Sí, soy yo —ella inclinó la cabeza y sintió que la pena le quemaba las orejas. El asombro balbuceante e infantil la habían conmovido. Ella extendió la mano—. Me da mucho gusto conocerte.

—¡Ah no! —él levantó las manos como si fuera víctima de un asalto, fingiendo terror, con los ojos exageradamente abiertos—. Si la toco, jamás podré volver a lavarme las manos.

Ella jadeó, sorprendida por su exceso de emoción.

De repente, él guiñó el ojo y empezó a reírse. Tomó la mano de ella, apretándola entre sus manos para estrecharla con gusto.

—El gusto es mío, señora Luján, se lo aseguro. Si fuera a morirme en este preciso momento, iría al cielo como un hombre feliz; más feliz aún si primero pudiera pasar una hora vanagloriándome ante mis amigos.

—Ya basta —sonrió ella—. Y por favor, háblame de tú, y me llamo Lilí. *Señora* suena a viejita—el entusiasmo de él la había hecho sentirse inmediatamente a gusto—. Enrique no mencionó que ibas a venir.

Pero se dio cuenta después de pronunciar las palabras, que realmente no había hablado con Enrique.

—Rico no sabía que venía —Isaías se encogió de hombros—. Ha estado muy ocupado. Quise venir a ayudarlo a cargar las cosas al camión.

Ella pensó que eso tenía sentido.

—Creo que el equipo se encuentra por allá cerca del cobertizo —señaló el camino con la mano—. Ven. Te llevaré.

—No. Olvida el equipo —movió los brazos como si fueran tijeras— ¿Crees que estoy loco? ¿Qué clase de hombre preferiría trabajar a pasar un rato a solas con Lilí Luján?

Al parecer, sólo tu hermano. La desilusión se apoderó de ella, pero se sobrepuso.

—Entonces, vamos a sentarnos un momento —dijo, señalando a un banco—. Enrique me ha platicado mucho de ti.

—Ojalá que pudiera yo decir lo mismo, pero el egoísta de mi hermano ha logrado guardarte en secreto. Desgraciado.

Isaías se golpeó la palma con el otro puño, y luego sonrió, mostrando sus hoyuelos.

Así que ni siquiera la había mencionado. Ella enchuecó la boca, dándose cuenta que ella realmente no significaba tanto para él como él para ella. Lo había intuido antes, pero ahora al escuchar las palabras de Isaías, tuvo que reconocer que era cierto.

—Sin embargo, yo sabía que sufría por una mujer aunque no quisiera decírmelo.

—¿Qué quieres decir? —preguntó con renovado interés.

—Algo ha estado perturbando a Enrique durante... —él le regaló una sonrisa de adoración— ...¿hace cuánto que conoces a mi hermano?

—Dos semanas —dijo ella.

—¡Ya lo sabía! —Isaías pegó el dorso de una mano contra la palma de la otra, y luego giró sus dedos alrededor de su sien—. Es justo cuando Enrique empezó a volverse imbécil. Pero jamás me habría imaginado, ni por un momento, que era Lilí Luján quien había vuelto loco a mi hermano. No en la vida real, por lo menos. ¡Increíble!

—Ya basta —ella lo empujó en el hombro, sintiéndose halagada pero no acosada—. Debe de estar trabajando muy duro, nada más.

—Rico siempre trabaja duro —contestó Isaías—. Ahora es diferente. Ahora entiendo el motivo —volvió a guiñar el ojo.

Este encantador modelo de machismo joven y vivaz podría ser más hermano menor de ella por su actitud tan efusiva y a la vez respetuosa. Tan distinto al orgulloso y reservado Enrique, musitó ella, su estómago haciendo marometas al simplemente invocar el recuerdo de Enrique.

Isaías se inclinó hacia ella, bajando su tono de voz como si le fuera a contar un secreto.

—¿Te dijo Rico que forró las paredes de nuestra recámara con tus fotos de revista? Yo era chico entonces, pero lo recuerdo todavía.

Ella pasó por alto los dulces halagos, dejándolos volar como semillas de flor en el viento. Arqueó sus cejas y se cruzó de brazos.

—No, de verdad, no me lo dijo.

—Es cierto —Isaías meneó los brazos delante de él—. Forrado, desde el piso hasta el techo —se chupó el interior de una mejilla—. A Enrique siempre le hemos dicho *el soñador,* pero ve nomás hasta dónde ha llegado. Debo confesar que puedo aprender una que otra cosa de mi hermano mayor, después de todo.

Cerró sus ojos y cerró las manos delante de su pecho musculoso.

—Salma Hayek. ¡Ruego a Dios! ¡Qué me traigan a Salma Hayek! Lo suplico —cantó. Miró a Lilí por un párpado entrecerrado, midiendo su respuesta como lo haría un comediante de carpa. Cerró de pronto el ojo, y luchó contra la risa que le provocaba su diversión—. O Jennifer López, Señor, no soy difícil de complacer —volviendo a persignarse, Isaías abrió los ojos, sus hombros temblando por la risa.

Lilí se rió con él, y luego meneó la cabeza, observándolo.

—Tú y Enrique son tan distintos. Pero al mismo tiempo, se parecen físicamente.

Éste encuadró los dedos alrededor de su rostro, como marco.

—Sí, dicen que yo saqué lo bien parecido y lo encantador, ¿no? Y Enrique sacó toda la seriedad.

—Ni siquiera tocaré ese tema —dijo Lilí con tono

seco—. Sin embargo, tengo que admitir que tu hermano es bastante intenso.

No había intentado dejar que se notaran sus sentimientos en su expresión, pero aparentemente o había fracasado en el intento, o Isaías era sumamente astuto.

—¿Te ha lastimado de alguna manera ese idiota hermano mío, Lilí? —frunció el entrecejo—. Dímelo; le parto la cara.

—No hagas eso —ella desvió su mirada—. No ha hecho nada. Es un hombre maravilloso. Es nada más que... pues somos amigos... pero... —*yo quería más*, continuó en silencio.

Apretó los labios y observó a Isaías. Él probablemente le podría ayudar a comprender al hombre tan enigmático que le había robado el pensamiento, pero ella tendría que abrirle el corazón primero. ¿Se atrevería? ¿Podría confiar en él? Decidió que sí, confiaría en él.

—Lo que te voy a decir tiene que quedar entre nosotros —le imploró ella.

—Absolutamente —sus ojos brillaron ante el prospecto de la conspiración—. Me encanta guardar secretos de mi hermano.

Ella inhaló, armándose de valor, y luego le contó una versión editada de lo que había sucedido la otra noche en el jardín. Terminó el relato.

—¿Qué crees? —agregó.

—Creo que mi hermano es un idiota.

—¿Soy yo?

—Es él —le aseguró Isaías.

—¿Tiene novia? ¿Será por eso?

—¿Rico? ¿Mi hermano el empresario? —se burló Isaías—. El hombre trabaja desde el amanecer hasta el anochecer, por lo menos. Apenas tiene tiempo para tomar una cerveza con su hermano, y mucho menos tiene tiempo para cortejar a las damas.

—Es un hombre muy frustrante —suspiró ella.

—A Lilí Luján le gusta el Rico —murmuró Isaías, casi

en silencio, sonriendo tristemente—. ¿No es típico? Yo
me la paso preocupándome por mi apariencia, mi en-
canto, mis músculos y todo, y el gruñón de mi hermano
es él que acaba llamando la atención de una mujer
como tú.

Ella rodeó su propio torso con los brazos, sintiéndose
querida y especial. El hermano de Enrique simplemente
le inspiraba confianza.

—Aunque me interese él, yo no le intereso para nada.
No así. Dice que venimos de mundos demasiado distintos.

—Y lo son, ¿pero eso qué importa? Él ha estado de
malas desde que te conoció, Lilí. Le interesas. Nada más
le cuesta trabajo dejarse llevar —dijo, y luego siguió en
voz baja, su mirada en blanco, como si hablara solo—.
El monje de mi hermano no puede desperdiciar la oportunidad de tratar a una mujer así nomás por terco
—agregó, atrayendo la mano de ella para darle palmadi-
tas como si quisiera consolarla—. Déjame contarte algo
acerca del cabezón de mi hermano, querida. Es un hombre bueno y honrado, pero carga con el peso del mundo
entero sobre sus hombros.

—Me he dado cuenta.

Isaías miró en blanco de nuevo como si estuviera visualizando el relato en su mente.

—Nuestro papá murió muy joven y desde entonces,
Rico ha cargado sólo con la responsabilidad de todos nosotros. De todos y cada uno. Siempre ha sido así él. Tenemos dos hermanitas...

—Me ha contado de ellas —asintió ella.

—Sí, y mamá. Rico siempre nos ha cuidado a todos,
cuando yo era niño, y todavía hasta la fecha. Yo ayudo
ahora, pero realmente es él que logra mantener a la familia —agregó, su demostración de modestia sincera dela-
tando otra faceta de su alegre personalidad—. Siempre
ha sido Rico —Isaías apretó los labios y sacudió la cabeza—. Nuestro padre estaría muy orgulloso de él, pero

no se lo puedes decir. Se niega rotundamente a vanagloriarse.

—Pero, ¿por qué?

—No más porque así es —Isaías se encogió de hombros—. Creo que se siente responsable por la muerte de nuestro papá, pero eso tampoco tiene sentido. Papá se mató en un accidente en la fábrica —explicó—. Rico ni siquiera estuvo ahí; sin embargo siempre ha cargado con ese peso también —suspiró largamente por la nariz de una manera que hizo a Lilí pensar que no era la primera vez que había sucedido lo mismo con su hermano.

—Tiene principios —dijo ella con el corazón henchido—, no puedes culparle por eso.

Isaías gruñó, asintiendo.

—Tiene demasiados principios para su propio bien, opino yo —la miró con expresión seria durante un momento, mordiéndose el labio—. Déjame preguntarte algo, Lilí. ¿Qué es lo que quieres de Rico?

—Nada más quiero... —tragó en seco. ¿Qué quería de él? ¿Amistad? ¿Romance? ¿Sexo? No, ella quería más. Estaba asombrada de poder admitirlo aunque fuera ante sí misma. Él era el tipo de hombre que la hacía quererlo todo. El tipo de hombre que la hacía imaginar su nombre de pila conectado con el apellido de él, y la hacía anhelar formar un hogar y una familia. Niños—. Me gusta mucho. Quiero conocerlo. Él me hace sentirme bien conmigo misma.

La mirada de Isaías se enfocó en ella, analizando la situación.

—No hay nada que me daría más gusto que ver feliz a mi hermano —hizo una pausa. Después de un momento, se acomodó en el asiento para poder voltearse a mirarla de frente—. Mira. Él es más que un hermano para mí; es mi mejor amigo.

—Yo comprendo.

—Rico merece a una mujer como tú.

Pero, ¿merecía ella un hombre como él? Honorado,

SOÑANDO CONTIGO 83

amable, bueno? Esa era la pregunta de un millón de dólares. Dejó recorrer su mirada al suelo, y su garganta ardía
de la preocupación; sintiéndose culpable. Su hermano
quería su felicidad, pero quizás no fuera ella el tipo de
mujer que pudiera alegrar su vida. Quizás fuera mejor
que dejaran a Enrique decidir lo que quería. Y sin embargo, no podía soltarlo tan fácilmente. La parte insegura
de su ser quería alejarse, pero se empeñó en juntar la mirada con la de Isaías.

—¿Qué puedo hacer? No me escucha.

—Oye —Isaías echó una mirada fugaz sobre el hombro
y luego la volvió a mirar con expresión pícara—. ¿A qué
hora regresará?

—No lo sé —de repente, le pareció que sería pronto—.
Pronto.

Él colocó una mano sobre el hombro de ella y la atrajo
hacia él.

—Entonces, escúchame bien para que pueda retirarme
antes de que se entere él que estuve aquí —se golpeó la
frente con los nudillos—. Soy inteligente, aparte de
guapo... —le guiñó el ojo— ...y creo que tengo una excelente idea.

Perdido en sus pensamientos de Lilí, Enrique ni habría
levantado la mirada de su tarea de construir cercas, pero
la emotiva plática de los hombres le llamó la atención.

Se limpió el sudor de la frente con el codo y siguió sus
miradas, notando con mediano interés el coche rojo deportivo Mercedes que se había parado en la acera en la
orilla norte del Círculo de la Esperanza. Parándose lentamente, se limpió las palmas de las manos sobre la mezclilla que le cubría los muslos. Raras veces entraba un coche
como éste a su vecindad.

—¿Qué pasa, Rico? —Isaías apareció a su lado.

—Yo no sé.

Se acercaron justo a tiempo para descubrir a Lilí des-

cendiendo del asiento del conductor, sumamente hermosa y suave... una mujer de mucha clase. Enrique se
detuvo, pasmado, al igual como la mayoría de los hombres en el sitio de trabajo. Sin embargo, después del
choque inicial, el grupo de hombres explotó en todo
un alboroto de emoción. Todos empezaron a moverse
por todos lados salvo Enrique, que no lo pudo hacer. A
su derredor todos exclamaban, mientras él se quedó parado ahí, sintiéndose como si tuviera aquel coche deportivo rojo estacionado directamente sobre su pecho.

—¡Dios mío!

—¡Lilí Luján está aquí!

—¿Quieres casarte conmigo, Lilí?

Ese comentario lo impactó. Echó una mirada furiosa al
pequeño hombre, Rubén, que había pronunciado la pro-
puesta espontánea y apasionada de matrimonio. Enrique
cerró los puños.

Los celos se apoderaron de él, cegándolo a todo aparte
de su deseo de protegerla, de demostrarles que era suya y
de retar a cualquier hombre que quisiera interponerse
entre ellos. La efusividad era de esperarse ante una cara
famosa, pero cuando esa cara le pertenecía a Lilí, le molestó. No lo pudo evitar. *¿Y qué derecho tienes de molestarte,
Enrique? ¡Tú la rechazaste!*

Flexionó un músculo en su mandíbula. Es que había
sido su obligación rechazarla. No había sido su libre elección hacerlo. Un sentido de impotencia se apoderaba lentamente de él, convirtiéndose luego en amargura. Jamás
se había quejado antes por el destino que le deparaba la
vida; y no era el momento de luchar contra su destino
ahora, tampoco.

Como supervisor, sabía que le tocaba saludarla. Finalmente se esforzó para poder mover un pie tras el otro, caminando con grandes y continuados esfuerzos. Ella vestía
un pantalón de peto de mezclilla, una camiseta blanca y
zapatos de tenis color rojo. Su cabello estaba suelto, y no
llevaba maquillaje. Su aspecto no era muy elegante, pero

parecía de la realeza. La distinción de su hermosura y en-
canto opacaba todo lo demás alrededor de ella.

La mirada de Enrique recorrió todo lo largo de su
delgada espalda al acercársele desde atrás. Ella estaba
ocupada saludando graciosamente a los obreros, riéndose y estrechando sus manos. Como si pudiera sentir
la presencia de él como piquete en la espalda, de repente volteó.

—Hola —dijo.

La sola palabra susurrada lo cubrió como si fuera una
ducha de hormiguitas. Era la intimidad. La profundidad
de sus ojos verdes decía tanto más que esa sola palabra de
saludo. Él lo podía palpar, y lo podía ver en su cara. Ella
se humedeció los labios con su dulce lengua color de
rosa.

El corazón de él retumbaba.

La brisa levantó un mechoncito del cabello de ella, de-
jándolo caer sobre sus labios, y ella se lo quitó distraída.

—¿Cómo has estado? No nos hemos visto desde...

—Estoy bien —él sabía cuánto tiempo había pasado;
días que le habían parecido eternos—. Lilí... ¿qué estás
haciendo aquí?

Como si pudieran intuir la intimidad del intercambio
de palabras, los obreros se retiraron un poco. Enrique
tragó en seco, devorándola con los ojos. No se había dado
cuenta antes de este momento de lo acostumbrado que
estaba a tenerla cerca. No se había dado cuenta antes de
cómo lo calmaba y al mismo tiempo lo volvía loco la mera
fragancia de su dulce piel. Se apoderó de él el deseo de
tocarla, y retrocedió un paso para impedir que sus manos
la fueran a tocar por voluntad propia. No lo podía hacer.
No delante de los obreros, ni tampoco delante de su hermano.

—Vine para ver el sitio en donde trabajas —dijo ella
con ligereza. Sus ojos, sin embargo, evocaban otro tono:
un tono de disculpa. *Lo siento.*

Yo también lo siento, mi ángel, susurró él en su mente.

Pero nada ha cambiado. Meneó la mano delante de su cuerpo.

—Aquí lo tienes.

Ella se cruzó de brazos y miró al derredor, asintiendo con la cabeza.

—Se nota todo el trabajo.

—Sí —esta plática insignificante lo iba a matar un día de estos. Cuando vio acercarse a Isaías, el alivio se filtró por su ser como la lluvia en tierra arada. Los dos voltearon en dirección al joven.

Isaías le golpeó en el hombro con el dorso de la mano.

—¿No vas a presentar a tu hermano favorito con esta dama tan hermosa, Rico? —le guiñó el ojo a Lilí.

Enrique se humedeció los labios con la lengua.

—Lilí Luján, mi alborotado hermano, Isaías Pacías. Isaías, te presento a Lilí Luján quien es toda una dama, así que te portarás diferente a como siempre te portas.

—Me ofendes —le dijo Isaías, obviamente sin estar ofendido en lo más mínimo.

Ella extendió la mano y le sonrió cálidamente.

—Isaías. Me gusta tu nombre. Me da gusto conocerte. Por favor, háblame de tú. Me llamo Lilí.

—Normalmente diría yo que el placer es sólo mío... —inclinó la cabeza en dirección a Enrique y bajó el tono de voz— ...pero todos podemos ver la expresión en la cara de Enrique, así que sería una mentira.

—¡Cállate! —dijo Enrique, frunciendo el ceño.

—Siempre me callas cuando tengo razón —dijo Isaías, pasando por alto la mala educación de su hermano—. Te lo he dicho antes —volvió su atención a Lilí— ¿Y qué te trae al Proyecto Arco Iris, Lilí?

Ella inclinó la cabeza hacia adelante, su voluminoso cabello color azabache cayendo en cascadas sobre su hombro, y metió la mano en la bolsa de su pantalón de peto, buscando algo. Sacó un recorte de periódico, y lo alzó en la mano.

—Leí que el proyecto necesitaba de más voluntarios, y vengo a trabajar.

Isaías echó una mirada emocionada a los demás obreros.

—¡Lilí Luján ha venido a trabajar con nosotros, amigos! —gritó Isaías, formando un megáfono con las manos.

Todos echaron porras y gritaron de gusto, y Enrique observó la manera en que el fuerte color de rosa subía por el cuello de Lilí, llegando a sonrojar sus mejillas. Con ojos brillosos y una gran sonrisa, le agradó mucho ser tan aceptada por el grupo. Enrique jamás la había visto tan feliz ni tan hermosa.

Pero un momentito, por favor. ¿Qué es lo que había dicho?

Volviendo a tocar la cinta de su memoria, escuchó de nuevo sus palabras. Asombrado, la miró con los ojos exageradamente abiertos.

—¿Has venido a *qué*? —bramó, y sus palabras parecían especialmente duras después de las bienvenidas del grupo.

Ella unió su mirada a la de él, al mismo nivel. Firme, pero no con tanta confianza como la que ella quería proyectarle a Enrique.

—Quiero trabajar contigo, Enrique. Con el grupo— apretó la mandíbula fuertemente, sus palabras y su mirada retadoras—. Es un proyecto que vale la pena. Quiero aportar mi tiempo.

—No.

—¿Por qué no? —dijo, perdiendo la confianza.

—Es obvio —espetó, tratando de hablar con sentido—. Tu tiempo vale más que el nuestro, Lilí. Tú tienes... es que tú tienes...

—¿Mi tiempo vale mucho? ¿Y el tuyo no? —señaló con un gesto de la mano en dirección a los diferentes hombres del grupo, uno por uno—. ¿O su tiempo? ¿O el suyo? ¿O el tiempo de Isaías? ¿Crees que su tiempo no vale tanto como el mío?

—No es lo que dije —sintió la mandíbula apretada. Jamás habría sido su intención insultar a los hombres que trabajaban con él, y tampoco a su hermano. La sangre retumbaba en sus oídos—. Lo único que estoy diciendo...

—Es *mi* tiempo, por mucho o poco que valga, y quiero pasarlo aquí —sonrió—. ¿De acuerdo?

—No, no estoy de acuerdo —se acercó a ella, su tono de voz bajo y urgente—. Éste no es un trabajo digno de ti, Lilí, y tú lo sabes.

—¿Es la verdadera razón por lo que no quieres que me quede? —su mirada, cálida y deseosa, bajó a sus labios, y él la podía palpar como si fuera un beso— ¿O hay algún motivo secreto más a fondo?

—Créeme, Lilita —dijo, y un extremo de su boca se levantó involuntariamente al sentir una corriente de sangre pulsando en la parte inferior de su cuerpo—. No quieres saber qué hay más a fondo.

Ella sacudió la cabeza, sus ojos ardientes y retadores.

—Querido, ahí sí que estás muy, pero muy equivocado.

Un relámpago de deseo pasó por su cuerpo. Rasgó su labio inferior entre sus dientes, agradado al ver que ella abría más los ojos, y cómo subía y bajaba su pecho al respirar. Permitió a sus ojos el lujo de recorrer una vez, lentamente, el cuerpo de ella, asegurándose de no dejar duda alguna respecto a sus sentimientos por ella, ni su deseo de poseerla. Aquel deseo que ya no podía ocultar.

—Te acuerdas de lo que dije de jugar con fuego, ¿no?

—Lo recuerdo —contestó ella, acercándose a él—. Me supongo que se me olvidó decirte que me encanta el peligro.

Peligro. Ella no tenía la más remota idea de qué tan cerca de la verdad había llegado. ¡Basta! Tenía que ser fuerte. Jugar con ella de esta manera, tentándola no sólo a ella sino a sí mismo, sólo los llevaría a la perdición. No quería tentar demasiado al destino y pasarse de la raya. Se acercó más a ella.

—Has cometido un grave error en venir aquí —dijo.

—Difiero. Tú mismo dijiste que apreciabas mi ayuda en el jardín de Molinaro. No soy ninguna inútil.

—Jamás te he considerado como una inútil, mi ángel. Sin embargo, eso no es el meollo del asunto, y tú lo sabes.

—Rico, ¡Qué gacho! —Isaías dio un paso hacia adelante, mirándolo como si tuviera tres cabezas malvadas—. Tú mismo me dijiste que necesitábamos más ayuda. ¿Por qué te portas así, poniendo en ridículo tanto a la dama como a ti mismo?

Enrique pasó por alto la vergüenza, sacando una mano para detener a su hermano.

—No te metas en lo que no te importa —echó una mirada de advertencia a su hermano—. Lilí Luján no debe de estar limpiando basura y pedazos de concreto, ni martillando barandales de rejas, ni tampoco debe de meter sus manos en la tierra, Iso. Tú sabes perfectamente que tengo razón.

Isaías sacó el mentón de golpe en dirección a ella, su mirada retadora y seria.

—Ella me da la impresión de ser una mujer madura. ¿No crees que sabe lo que quiere hacer? ¿Y si ella quiere trabajar en el proyecto?

—Sí, ¿y si quiero? —apoyada por Isaías, sus ojos brillaron por la esperanza. Inclinó la cabeza de lado, igual como lo había hecho aquel día en el cobertizo. Alzando el anuncio que él mismo había puesto en el periódico, arqueó una ceja.

—Aquí dice que te faltan trabajadores. ¿No es cierto? —pasó un momento tenso entre ellos—. ¿Enrique? ¿Es la verdad? —volvió a preguntar.

Caramba. Una vez más, ella lo había puesto entre la espada y la pared. Si se negaba a aceptar su ayuda, parecería como un ingrato delante de ella y de todo el equipo de trabajadores. Si aceptaba, tendría que sobrellevar su embriagante presencia tanto aquí como en la casa del señor Molinaro, sabiendo en todo momento que no podría ser suya jamás; sabiendo que la deseaba más de lo que jamás hubiera deseado a nadie en su vida.

—Nosotros la ayudaremos si no lo quieres hacer tú —dijo Isaías, haciendo referencia a sí mismo y a otros tres que estaban sembrando árboles y colocando veredas de piedra.

Enrique parpadeó a su hermano, distraído. Incómodo.

—Ella puede trabajar con nosotros —explicó Isaías—. Nosotros la cuidaremos. Lo que se le ofrezca —le sonrió coquetamente.

Enrique apretó los labios malhumorado antes de juntar su mirada con la de esta mujer que paso a paso estaba conquistando su alma, haciéndolo dudar de todas y cada una de las bases de su existencia. Se sentía como si estuviera parado en la orilla del mar, y ella era como la resaca, corriendo y tirándole de las piernas. Una parte de su ser quería soltarse y dejarse llevar por la mar de sentimientos que ella le inspiraba. Otra parte de su ser quería soltarse de su influencia y correr en dirección a la seguridad de la arena seca de la tierra firme.

Abatido, recorrió con la mirada las suaves facciones femeninas de ella.

—¿Qué es lo que estás haciendo, Lilí?

—Algo que vale la pena, igual que tú. Vengo a trabajar —hizo una pausa—. Igual que tú —metió el cabello detrás de los oídos y levantó el mentón de manera retadora, su tono suficientemente bajo para que sólo él alcanzara escuchar sus palabras—. Quizás te des cuenta algún día que somos más parecidos que distintos, Rico.

Dando media vuelta, alcanzó a Isaías y se unieron a los demás hombres... sus nuevos colegas. Enrique no pudo hacer más que observarla mientras ella se alejaba. Regresó a su trabajo, presintiendo que se avecinaba un desastre.

Perfecto. Podía quedarse si tanto insistía en hacerlo.

Pero hasta la menor falta de decoro podría destruir a ambos. Era obvio que ella estaba empeñada en no aceptar la verdad, así que Enrique tenía que aceptarla por los dos. Independientemente de lo que tuviera que hacer para lograrlo, tendría que resistirse como si de ello dependiera su propia supervivencia.

Resistiendo la resaca de la corriente, Enrique regresó a la seguridad de la tierra firme a la que se había acostumbrado. Era la única estabilidad que conocía.

Capítulo Seis

—¿Cómo te va, Lilí?

—Muy bien —mintió.

Ya tenía dos días trabajando en el proyecto, y el plan de juntarla con Enrique que habían tramado Isaías y ella estaba fallando miserablemente. Apenas se le había acercado él; apenas la había mirado siquiera. Sus vacaciones estaban llegando a su final, y no se le ocurría manera alguna de detener el tiempo.

Levantó la mirada y encontró a Iso mirándola desde arriba, tapando el sol que había estado ocultándose detrás de las nubes casi todo el día. Se parecía mucho a sus emociones. Estaba a punto de aceptar que sus sentimientos por Enrique no eran correspondidos, y que era inútil seguir intentando conquistarlo. Aunque ella se comportara como una adolescente perdida por un ídolo, temía no poder sobreponerse tan rápidamente como lo había hecho en la adolescencia.

Parpadeó a Iso de nuevo, reconociendo que éste era tan apuesto como cualquier modelo bronceado; Isaías estaba cruzado de brazos y sonriendo. Ella estaba casi apenada por haberlo metido en el asunto.

—Estamos avanzando mucho —dijo alegremente, haciendo referencia al proyecto.

Isaías se sentó en el suelo con las piernas cruzadas, justo frente a ella. Apoyó los codos sobre sus rodillas y juntó sus dedos en forma de "V", mirándola intensamente durante varios momentos.

—Quiero decir —dijo—, ¿Cómo van las cosas con el terco de mi hermano?

—Ah, eso —la humillación la hizo bajar su mirada al suelo. Se encogió de hombros, tratando de sostener la sonrisa fingida en la cara—. Bien, supongo. Todavía estoy aquí —trató de reírse, pero le salió como casi un sollozo. *¡Caramba!* Sabía que Iso era demasiado suspicaz para no haberse fijado, y sintió temor.

—Acaso, ¿te ha dirigido la palabra?

—Algo —dijo evasivamente, y se detuvo brevemente—. Bueno, no en realidad —su tono salió con menos entusiasmo.

—¡Maldito sea! —dijo entre dientes, y flexionó un músculo en la mandíbula—. ¡Tengo ganas de matarlo!

—No te enojes —ella extendió la mano y apretó el puño apretado de Isaías y luego dejó caer las manos sobre su regazo—. Cometimos un error al tratar de forzar las cosas, Iso. No le intereso.

—No. De verdad le gustas. Yo lo veo.

Ella tenía ganas de llorar, pero luchó para mantener un tono de voz casual, empeñada en no dejar que Isaías se sintiera culpable por el desastre.

—Mejor lo olvidamos, ¿de acuerdo? Estoy disfrutando del trabajo en el proyecto, y realmente eso es el meollo del asunto.

—No es el meollo del asunto.

—Bueno, *se ha convertido* en el meollo del asunto. Además... —pero no siguió, pues las garras de la ansiedad habían hecho preso de su estómago. Lo miró de reojo con una expresión de preocupación en la cara, pero no pudo continuar. Había esperado que funcionara esta fantasía, y que jamás tendría que decirle que estaría sólo temporalmente con ellos en el proyecto. Ahora, reconoció que no había sido sino precisamente eso —una fantasía— y tendría que sincerarse con él, le agradara o no.

¿Pensaría él que lo había engañado? ¿Pensaría él que era una insensata al tratar de acercársele a Enrique cuándo Cosméticos Jolie era dueño de su tiempo? ¿Pensaría él que sólo había deseado tener un insignificante des-

liz con el hermano que él obviamente quería mucho?
Tendría que hacerle ver que no era el caso.

—Isaías, debería habértelo explicado antes, pero...
este...

—¿Qué?

—Tengo una gira —susurró ella, y sus ojos se llenaron
de lágrimas—, de trabajo.

—¡Qué maravilloso! —exclamó Iso, con una expresión
alegre en el rostro.

—No —pasó por alto el halago—, déjame terminar. Es
un contrato de tres años, y... —tragó en seco—, es en
Francia.

—Ahora sí, ¡qué terrible! —su expresión de alegría se
convirtió en consternación.

—Lo sé —se mordió el labio, suplicando con los ojos
que la perdonara—. Perdóname que no te lo dije. Es que
pensé... pues la verdad es que no sé en qué estaba pensando. Debería habértelo dicho desde un principio.

Después de un momento, él cerró la boca, y tragó convulsivamente.

—¿Cuándo tienes que irte?

—Dentro de tres semanas —le dijo, en un tono de voz
apenas audible—. Un poco menos. Firmé el contrato
hace varios meses, pero me había provocado una lucha
interior. Una lucha interior respecto a mi vida entera. Y
luego conocí a tu hermano y a ti... —sonrió—, ...a todos
ustedes, y dejé de pensar en mis problemas durante un
rato. Quería olvidarme de todo aquello. Pero sigue ahí,
y... pues tengo que cumplir —se encogió de hombros—.
Supongo que ya no tiene importancia, de todos modos.

—Lilí, ¿puedo hacerte una pregunta?

Ella asintió con la cabeza.

Isaías examinó detenidamente la cara de ella.

—Si fueran distintas las cosas con Enrique, ¿te irías de
todos modos?

El corazón de ella empezó a retumbar en alto, más y
más fuerte hasta que apenas pudo escuchar sus propios

pensamientos. Había sido sincera con Isaías respecto a sus sentimientos desde el principio. ¿Para qué dejar de ser sincera ahora?

—Habría buscado alguna manera de quedarme —dijo, meneando la cabeza—. Es ridículo de mi parte, lo sé. Me excedí mucho —observó a Isaías durante un largo e incómodo momento—. Me supongo que estaba soñando con imposibles.

—¿Qué significa eso?

Ella meneó la mano en el aire como gesto para expresar la desesperación que sentía.

—No es nada más por él. Mi familia también se encuentra aquí, y me duele dejarla.

Pero, Enrique habría sido la excusa perfecta para quedarme, pensó, pero continuó.

—Me faltaba algo en mi vida durante mucho tiempo, pero no sabía qué era. Hasta que conocí a tu hermano —dijo, juntando su mirada con la de Isaías—. Y ahora comprendo qué me hace falta —agregó.

Iso se frotó la cara con las manos, exhalando un fuerte suspiro a través de sus dedos.

—Mira, de verdad no importa —ella quería consolarlo, preguntándose que si habría sido mejor ser menos sincera—. Yo no debería considerarlo como un ángel de la guarda. Si yo quiero cambiar mi vida, lo tengo que hacer yo misma.

—Es cierto eso, pero si él lo supiera...

—No—interrumpió bruscamente—. Enrique tiene suficientes responsabilidades sin tener que preocuparse respecto a cómo me pueden o no afectar sus decisiones. Si lo supiera, probablemente fingiría algo que no siente, nada más para ayudarme a tomar mi decisión —suspiró, y le dio un apretón en el brazo a Isaías—. Por favor, no se lo digas.

—No se lo diré. No te preocupes.

—Prométemelo —se mordió el labio.

Él asintió con la cabeza.

—Lo haré, pero sólo si tú me prometes algo también.

—Lo que me pidas —dijo ella.

Iso tomó su mano entre las suyas, con ojos suplicantes.

—No te des por vencida con Rico, todavía.

—Está haciendo una excelente labor, Rico.

Las palabras le rozaron la nuca, y Enrique volteó la cabeza.

Su hermano movió la cabeza en dirección a Lilí y luego siguió, esta vez con un tono casi beligerante.

—¿No estás de acuerdo?

Él había estado tan absorto en mirar a Lilí mientras ésta platicaba amenamente con Rubén y Natalio, que no había escuchado los pasos de Isaías al acercársele.

—Mm —gruñó, desviando su atención de nuevo al trabajo. Una gota de sudor recorrió todo lo largo de su espalda, a pesar de las enormes nubes de tormenta que ensombrecían el área de trabajo.

—¿Fue un sí? —exigió Iso.

—Sí es un sí —dijo exasperado, preguntándose por qué estaría tan enojado Isaías.

—¿Le has dicho acaso que está haciendo una excelente labor?

—No, Isaías —dijo, deteniendo el movimiento de sus manos para esforzarse a pronunciar las palabras con calma—, no se lo he dicho.

Lilí había trabajado con ellos durante dos días. Dos días durante los cuales Enrique había anhelado disfrutar de su presencia, pero al mismo tiempo negándose el lujo de ese placer. Si alguien tenía derecho a estar de malas, era él.

Aunque trabajaba a menos de quince metros, a él le parecía como si los separara un continente, y lo acechaban los celos cada vez que pensaba en ella riéndose y trabajando al lado de los otros voluntarios. Sin embargo, él mismo se había metido en este lío. De haberle dado la bienvenida como lo hicieron sus compañeros, quizás ella pudiera haber estado a su lado trabajando, igual como lo había hecho en la casa del señor Molinaro hace lo que parecía ser una eternidad. Sólo si fuera diferente la vida. Sólo si fuera él libre. Había tantas incógnitas en la vida.

¡Dios! Cómo anhelaba volver a tener esa cercanía. Apartó esa sensación y miró altivamente a su hermano.

—Estabas platicando con ella antes, ¿o no?

—Sí —contestó Iso.

—¿No la felicitaste por su trabajo?

—Por supuesto que sí —dijo Isaías, frunciendo el ceño—, pero se lo debes de decir tú. Tú eres el supervisor.

Durante un momento Enrique se dejó envolver en el canto de los pájaros y en el olor de la tierra, y luego levantó la mirada en dirección a ella de nuevo como si sus ojos tuvieran voluntad propia.

—¿Se están pasando de igualados los hombres con ella? —preguntó, fingiendo un desinterés que sabía perfectamente que su hermano no le creería.

—¿Te importa?

—Por supuesto que me importa —rugió bruscamente—. No seas insensato.

—A ella le agrada trabajar aquí, Rico. Ellos le caen muy bien.

—Es justo lo que me preocupa —murmuró, con tono grave—. No quiero que ninguno de los hombres la vayan a faltar al respeto.

—¿Desde cuándo los has visto como meros animales? —preguntó con voz rasposa—. ¿O nada más estás marcando mentalmente tu territorio? Aunque ni pienses reclamarla de todos modos.

Enrique cerró los ojos y suspiró, apretándose los dientes. Su hermano y él habían estado constantemente peleándose como perros y gatos desde que Lilí había comenzado a trabajar con ellos. No había descubierto el motivo de sus disgustos, pero ahora no era el momento de aclarar las cosas, por mucho que Iso lo provocara.

—Yo no sé cuál sea tu problema, pero no tengo humor para lidiar con todo esto.

—Por supuesto que no —dijo Isaías, y meneó la cabeza—. Pero deja que te levante un gran peso de encima, hermano. Lilí se encuentra perfectamente bien —sus palabras estaban llenas de sarcasmo. Se arrodilló y comenzó a ayudar a sembrar la minutisa que habían conseguido en el vivero esa mañana, y los dos trabajaron a sacudidas y con impaciencia—. Independientemente de eso —agregó—, Lilí no es responsabilidad tuya. Es perfectamente capaz de cuidarse sola.

—Mi hermanito... —regañó Enrique—... el sábelotodo.

Isaías lo agarró del brazo; sus ojos graves.

—No se trata de eso, Rico. ¡Caramba! La tratas como si fuera a quebrarse en mil pedacitos. No está hecha de cristal, sino de carne y hueso. ¿No te das cuenta de cuánto quisiera ella que la reconocieras tal y cómo es?

Enrique se liberó de la mano de su hermano. Si alguien reconocía que Lilí estaba hecha de carne y hueso, era él. Y además, no había nada que aprenderle a su hermano menor.

—Yo sí que me doy cuenta. Lo único que trato de hacer es protegerla —dijo mientras pensaba: *De mí. De esto.*

—¡Pues despiértate! —Isaías apuñaló vehementemente la tierra con una palita—. Ella no busca tu protección. Lo que busca es que la quieras, como pareja. ¡Ella te quiere a *ti!* —agitó la mano—. Yo soy siete años menor que tú, ¿y resulta que te lo tengo que explicar? Eso es patético.

Isaías pocas veces se enojaba, y su estallido logró captar la atención de Enrique. Desde las profundidades de su ser emanó una ira que había estado conteniendo.

—No estoy ciego, Iso. Ni creas que captas más de lo que sucede que yo. Pero tu vida y la mía son totalmente distintas —ciertamente, Enrique no vivía su vida brin-

cando de cama en cama gozando de una serie de mujeres galantes, como lo hacía su hermano menor. Él tenía
responsabilidades—. ¿Qué quieres que haga? —preguntó
con voz rasposa—. ¿Debo darle la espalda a todo por
ella?

—¡No es lo que quiere!

—Cómo si supieras tanto —agitó la mano disgustado.

—¿Y lo sabes *tú*? ¿Alguna vez se lo has preguntado?

—Yo no debo ni pensar en lo que quiere ella, Iso. Es la
invitada del *señor Molinaro*. Ella es *Lilí Luján*. Usa tu maldito cerebro —se puso de pie y se marchó a un bote de
basura, descartando bruscamente un fardel vacío en
dónde habían venido las voluminosas plantas.

—Ella sí que es Lilí Luján. Sí —Isaías lo siguió, empe-
ñado en seguir con el tema—. Y tú eres Enrique Pacías. ¿Y
qué? Sigue tu corazón en lugar de tu cerebro por primera
vez en la vida.

Su hermano lo tiró de nuevo del brazo, y Enrique se
torció violentamente para soltarse, girando para tomar en
su puño la camisa de Iso. Atrajo la cara de su hermano a
la suya, y bajó su tono para que no fueran a escucharlo
los demás.

—Y qué es lo que sugieres, ¿eh, mosquito? —gruñó—.
¿Quieres que la trate cómo tú tratas a las mujeres? ¿Quieres que me pierda en alguna especie de fantasía romántica? ¿Debería de besarla? ¿Debería de hacerle el amor?

—Por supuesto que no —se burló Iso—. Tú no, Rico,
tú que eres inmune a todas las urgencias y deseos de nosotros los mortales.

—¿Y debería de perder mi trabajo? —espetó Enrique
descontrolado, su deseo de Lilí alimentando su ira, haciéndolo lastimar a su hermano con palabras tan hirientes—¿Debería de perder la casa? ¿Debería de dejar a
mamá en la calle el próximo mes porque una mujer me
ha robado el corazón? No seas idiota...

—¡Qué gacho eres, hermano!

Esta vez fue Isaías quien se apartó, y luego volvió a lanzarse en contra de Enrique de nuevo. Tenía los puños apretados y los brazos tiesos contra sus costados.

—Ya basta de familia, trabajo, y tu maldita responsabilidad. Si tienes miedo, o de plano no tienes ningún interés en Lilí, por lo menos actúa como hombre y admítelo. ¡Pero no vuelvas a usarnos a nosotros como excusa! —se golpeó el pecho con un puño—. Yo soy un hombre. No subestimes mi lugar en la familia. Tú no eres responsable de todo el mundo.

Se miraron y sus pechos se levantaban mientras cerraban los puños.

El estallido de Iso y el sentimiento de culpabilidad resultante habían dejado mudo y pasmado a Enrique. ¿Trataba a su hermano como a un inútil? ¿Usaba las responsabilidades de su familia como escudo? El arrepentimiento le cerró la garganta y corrió por sus oídos como un ferrocarril. Abrió la boca para responder, y luego la cerró; agachó la cabeza y recorrió su cabello lentamente con los dedos de las dos manos, entrelazándolos atrás en la nuca.

La vida estaba girando fuera de su control. Se sentía como si estuviera cayéndose por el costado de una montaña, tratando de alcanzar una hoja o rama de donde sostenerse... lo que fuera para detener su caída, todo porque estaba enamorándose de una mujer. Lo que más deseaba era soltarse y dejarse caer —¡Dios! ¡Cómo deseaba hacerlo! Pero su hermano tenía razón; tenía miedo.

Temía fracasar y desilusionar a todos los que dependían de él. Pero ya era demasiado tarde. Ya había desilusionado a Iso, aunque por razones muy distintas a las que él habría imaginado.

—Yo jamás quise menospreciar tus aportaciones, Iso.

La palma de Isaías lo sujetó del hombro y no lo soltó.

—¿Qué es lo que quieres, Rico?—le preguntó suavemente.

Con los labios apretados, la frente arrugada por la consternación, miró a su hermano menor. Su compañero. La persona que decía conocerlo mejor de lo que él se conocía sí mismo.

—¿Qué es lo que querrías? —imploró Iso—. Si no existieran los problemas de trabajo, ni las cuentas por pagar, ni ninguna preocupación en tu mundo. ¿Cuál sería tu sueño dorado?

Enrique y sus sueños, pensó Enrique, bufando de modo sardónico, pero con poca fuerza. Él había renunciado a los sueños cuando había muerto su papá. ¿No reconocía Isaías que ya no eran niños despreocupados? El vacío interminable crecía entre ellos cuando se juntaron sus miradas. Hermano a hermano, a veces la comunicación en silencio era más clara que las palabras embrolladas.

—Dímelo.

Yo la desearía, susurró la mente de Enrique. Sacudió la cabeza para sacar ese pensamiento.

—Dilo —insistió Isaías.

Dilo Rico. ¿Qué tanto daño haría darle voz al deseo?

—Una oportunidad con Lilí —fue lo único que logró decir.

—Ahí está. ¿Fue tan difícil? —los ojos de Isaías reflejaron el triste reconocimiento mezclado con suplica—. Con un demonio, Rico, busca tu sueño antes de que pierdas la oportunidad. Nadie te ha pedido jamás que sacrifiques tu vida entera por la familia. Has hecho más que suficiente.

Las dudas que lo atormentaban se le reflejaron en la cara, porque su hermano insistió.

—Cuando nosotros te decíamos *el soñador,* no era a manera de insulto —hizo una pausa para dar énfasis a sus palabras—. ¿Lo tomabas como ofensa?

Su mirada jamás se desvió de la cara de Iso.

—Todos te admiramos, Rico. Contabas con nosotros entonces, y siempre podrás contar con nosotros; para toda la vida, a pesar de lo que sea. Somos tu familia. Te queremos. Cuando murió papá, nos diste esperanza con tus enormes sueños tan emocionantes. Especialmente en mi caso —Iso soltó un bufido sin sonreír, meneando la cabeza al mismo tiempo—. No me hagas pensar que todo lo que decías era de dientes para afuera y nada más, Rico. No ahora, cuando por fin tienes la oportunidad de conseguir algo que realmente vale la pena.

Enrique observó a su hermano mientras éste se alejaba, notando que sus hombros estaban encorvados como si se sintiera abatido. Durante un largo rato, se quedó parado ahí, pasmado. Hasta ese momento no había comprendido la causa de la animosidad que había existido entre Iso y él. Ahora comprendía. Lo único que quería Iso era que despertara a la vida. Que se iluminara.

Que viviera.

Papá había muerto en el accidente de la fábrica. *Él* seguía con vida.

Soltó una risa al darse cuenta de la ironía de la situación, y luego miró a su derredor, buscando a Lilí. Después de un momento de confusión, se dio cuenta que ella se había retirado. Su mirada se desvió en dirección a la calle justo a tiempo para descubrir que el pequeño Mercedes daba la vuelta a la esquina. Había perdido su oportunidad.

Mortificado, sacudió la cabeza. Reconoció que a fin de cuentas, su hermano menor sí que había podido darle una lección.

Sintiéndose más fuerte por haber aceptado la realidad de su situación, Lilí emprendió camino a los jardines esa noche, empeñada en disculparse con Enrique. No había escuchado el disgusto entre Isaías y él en el proyecto hoy, pero todo el mundo se dio cuenta por sus posturas tan rígidas y ojos furiosos que había sido vehemente. Y definitivamente por culpa de ella; de eso estaba segura, y al darse cuenta de ello, había llegado a tomar una decisión. Lo único que había contribuido ella —por su propio egoísmo— al mundo pacífico de Enrique, habían sido problemas y dolor para él, y había que parar eso en seco.

Se había retirado inmediatamente del Círculo de la Esperanza, diciéndoles a Rubén y a Natalio que se le había olvidado una cita. La verdad, había sentido la necesidad de apartarse del lugar para poder pensar a solas. Después de platicar largamente con Pilar y de disfrutar al máximo de una visita íntima con una barra de chocolate Godiva, se sentía más tranquila. Estaba resuelta. Se negaba a interponerse entre hermanos cuando era obvio que eran muy unidos, y además, ella no tenía ningún derecho a forzar las cosas con Enrique si a él no le interesaba una relación con ella. En eso recaía su peor error, y estaba empeñada en hacer las paces.

Una brisa fresca levantó su cabello y lo hizo volar alrededor de sus hombros descubiertos por el vestido de tirantes que llevaba. La luna se escondió detrás de una gruesa capa de nubes, y por la manera en que se habían volteado las hojas del álamo, ella sabía que se avecinaba un chubasco. Aún así, la fragancia dulce que flotaba en el aire le recordó la noche en que había conocido a Enrique. Recordó la manera en que la había consolado con su ternura, y sus palabras tan cariñosas al hablar de su familia.

Se le cerraba la garganta por el deseo que no podría ver realizado jamás, pero que tampoco negaría. No tenían tanto tiempo de conocerse, pero parecía como toda una vida. Ella había aprendido mucho de él en tan poco tiempo, lecciones sobre la vida y las posibilidades que se presentan, sobre los riesgos, las responsabilidades y sobre todo, las oportunidades perdidas. De aquí en adelante, ella haría un vivo esfuerzo para cambiar su vida, pero no había decidido cómo tomar el primer paso. Sin embargo, se había fijado una meta. Eso era algo. Ya no iba a sentarse a ver pasar su vida. Lo que tuviera que hacer no importaba, pues iba a vivir su vida en toda su plenitud.

Se detuvo en el quiosco, tan preparada para verlo que apenas podía respirar, pero él no estaba ahí. Enfocó la vista para buscar por los oscuros jardines, y se le enchinaba la piel de sus brazos desnudos. Temblando, se frotó con las palmas de sus manos. Se dio cuenta que sus manos tenían callos, y sonrió. Eran callos incipientes, todavía tiernos al tocarlos, pero callos al fin, y eran suyos solamente. Los había ganado. Le agradó mucho más de lo que se había imaginado que le agradara.

Caminó hacia el pequeño oasis escondido detrás de los arbustos de lirios donde Enrique le había dicho que no se compaginaban sus vidas, pero él tampoco estuvo ahí. Era probable que no hubiera venido a la residencia de Gerardo esta noche, admitió con una punzada de tristeza, pero ¿cómo podía no comprenderlo? Si ella misma hubiera conocido a alguien que no aportaba más que problemas a su vida, ella también haría lo que fuera para evitarlo.

Ensimismada ante la desilusión, volteó para regresar a la casa, pero le llamó la atención la suave entonación de las cuerdas de una guitarra. El cántico misterioso parecía venir de la cabaña, la casa ocasional de Enrique. La esperanza la hizo erguir los hombros y aleteó como pájaro enjaulado dentro de su pecho.

Estaba aquí. No estaba trabajando, pero estaba aquí.

Con las palmas de las manos repentinamente sudorosas, Lilí respiró profundamente y se dirigió hacia el sonido. Se asomó por la esquina de la pequeña casita y lo vio antes de que él la descubriera. Estaba sentado en una silla de respaldo de bejuco, balanceada de manera que las patas delanteras estaban volando. Su ancha espalda estaba apoyada contra la casa, y tenía la guitarra acomodada sobre su regazo, sus dedos tocando lentamente las cuerdas, y sus ojos apenas abiertos. Una botella abierta de vino estaba en el suelo al lado de su silla, junto a una copa medio vacía.

Se veía bañado pero no afeitado; se notaba una sombra de barba que ocultaba la línea de su fuerte mandíbula. Ella estuvo a punto de dejarse vencer por el fuerte deseo de tocar la cara de él con sus labios, pero apretó los dientes para sobreponerse al deseo. Con la intención de saludarlo, abrió la boca, pero no le salieron las palabras.

De repente, él se dio cuenta que no estaba solo. Abrió los ojos de golpe, y sus miradas se juntaron. Las patas delanteras de la silla cayeron sobre el cemento con un golpe seco, y se cayó la guitarra. Así y nada más, se paró delante de ella. Ojo con ojo, boca con boca, pecho con pecho, fue exactamente como ella se había imaginado que sería. Como si fueran hechos el uno para el otro.

Ella se preguntó cómo emprender una conversación como la que quería sostener con él. No sería más fácil si se demoraba más. Más valía armarse de valor de una buena vez. Despejó la garganta.

—No estás trabajando —dijo con una voz delgada y áspera.

Enrique se encogió de hombros, mirándola fijamente.

—Trabajo demasiado, o así lo considera mi hermano —dijo, con una media sonrisa.

—Es inteligente, y tiene razón.

—Quizás —concedió.

Buen comienzo. Ella se dijo que podía seguir adelante.

—¿Está bien...? ¿todo? —metió el cabello por detrás de la oreja, y luego cruzó los brazos por abajo de sus senos—. Quiero decir, ¿con Isaías?

Asintiendo con la cabeza, los ojos de Enrique se enternecieron con cálido afecto, visualizando una imagen en su mente.

—Somos hermanos. A veces discutimos, pero jamás dura el enojo —un relámpago iluminó de rojo una obscura nube de tormenta suspendida sobre las montañas—. Se acerca una tormenta. ¿Puedes oler la lluvia, Lilí?

Ella asintió con la cabeza.

—Sí. Huele rico.

—Como los nuevos comienzos, ¿no?

Ella estudió el rostro de él, tratando de no malentender sus palabras.

—El agua les caerá muy bien a las plantas.

—Siempre y cuando no sea un diluvio —dijo, rastre-
ando con la mirada el paso de la tormenta sobre el hori-
zonte—. Las flores son delicadas recién plantadas. Igual
como las ideas. O como los sueños. Son cosas que tienen
que ser alimentadas con ternura, y no inundadas.

¿Intentaba decirle algo? ¿Podía atreverse ella a esperar
que hubiera cambiado él de parecer?

—¿A dónde te fuiste hoy? —volteó de nuevo hacia
ella—. Te busqué pero te habías ido.

—M-me tuve que ir —dijo ella suspirando—. Debería
habértelo dicho, pero... —bueno, pues no estaba tan preparada como había pensado. No podía seguir con este
tema que tarde o temprano la iba a llevar a una despe-
dida. Todavía no—. Yo no sabía que tocabas la guitarra.

Él echó una mirada hacia atrás donde estaba el instru-
mento, y luego apoyó un hombro contra la pared de la
casa.

—No toco muy bien, pero me agrada. Hace muchos
años soñé con ser músico algún día.

—¿Y qué pasó?

Él apretó los labios fuertemente, y se puso pensativo.

—La vida —dijo simplemente.

—Lo siento —dijo ella, sin referirse a la música.

—¿Por qué?

—Por... causar problemas. En el sitio del proyecto.

—No eres tú, mi ángel. Estás haciendo una excelente
labor ahí. A todos les caes muy bien —bajó la mirada para
sonreírle directamente a los ojos—. ¿Te lo he dicho?

Ella tenía urgencia de sentirse apreciada, y absorbió sus
palabras como si fuera una planta sedienta de agua. Se
sentía interiormente enternecida y a punto de lágrimas.
Estaba enamorándose de un hombre que no podía ser
suyo. Era un hombre que rechazaba su amor. Negó con la
cabeza.

—No... no me lo has dicho.

—Entonces, he sido un idiota, y ahora me corresponde
ofrecerte una disculpa —levantó la mano para acariciarle

el pómulo con el dorso de la mano. Recorrió todo lo largo de su mejilla hasta su mandíbula, y luego por su mentón. Su dedo pulgar alisó brevemente su labio inferior, logrando abrirle un poco la boca antes de voltear la mano para tomar en su palma un lado de su cara.

Ella se acurrucó a la caricia, cerrando los ojos. Al demonio con su resolución. ¿Cómo podía soltar a este hombre de su corazón cuando era él que la tenía tan enredada? Sin poder contenerse, alcanzó su mano, presionándole la palma contra su pecho. Sostuvo ahí su mano, deseando con todas sus fuerzas poder meterlo dentro de sí para encerrarlo para siempre en su corazón. La punta de su dedo índice tocó el hueco de la base de su garganta, causándole una sensación de lo más sensual.

—Soy un hombre muy testarudo, Lilí.

—Y yo soy una mujer muy terca.

—¿Podemos volver a empezar?

—¿Qué quieres decir con volver a empezar? Nada ha cambiado, Rico. Seguimos siendo de dos mundos distintos —parpadeó para impedir que le brotaran las lágrimas.

—Yo sé eso mejor que nadie. Pero podemos ser amigos, ¿no? ¿No hemos sido siempre amigos?

—Sí —si era lo único que podía esperar de Enrique Pacías, estaba dispuesta a aceptarlo—. ¿Todavía quieres eso?

—Con todas mis fuerzas.

Temblando por el alivio que sentía, ella soltó la mano de él y lo golpeó con un puño en el pecho. No pudo controlar que se le escapara una media risa mezclada con sollozo.

—Caray, Enrique, me vuelves loca. Vine para despedirme de ti, ¿sabes? Vine a dejar el proyecto.

Enrique se rió suavemente y la atrajo hacia él para abrazarla tiernamente, acurrucando su cabeza con su fuerte hombro.

—No puedes hacerlo. Los hombres trabajan mejor cuando tú estás, probablemente porque quieren causarte una buena impresión.

Y ella sólo quería causar una grata impresión en él. ¿No lo sabía?

—No quiero seguir ahí si te molesta mi presencia.

—Todo lo que eres tú me molesta, querida, pero no quiero que te vayas —le levantó la cabeza, sosteniéndola entre sus manos, y la miró fijamente a los ojos. Sonrió—. ¿De acuerdo?

—De acuerdo —susurró, luego de morderse el labio para calmar su temblor.

—Ven —la tomó de la mano—. Toma un poco de vino conmigo, mi ángel, antes de que llegue la lluvia. Y luego los dos deberíamos dormir, porque mañana tenemos mucho que hacer.

—Así es.

—Y de mañana en adelante, trabajarás conmigo.

Capítulo Siete

En un principio, ella había querido demostrarle a Enrique y a los otros que ella no era una niña malcriada y consentida, y esa había sido su motivación para tramar con Isaías el plan de ponerla de voluntaria. Sin embargo, entre más trabajaba con ellos, más se dedicaba al proyecto y menos a causar una grata impresión en Enrique. Realmente le encantaba el concepto de lo que estaban haciendo. El trabajo de jardín era agradable en sí, pero la creación de un oasis de belleza en un lugar donde realmente sería apreciado... era una sensación indescriptible. Ella sabía, al meter las manos en la tierra, que era la sensación que había faltado en su vida. La sensación de saber que lo que hacía durante el día realmente tenía importancia.

Después de la emoción inicial de su llegada, ya nadie cuestionaba su presencia, aún aquellos que no estaban trabajando en el proyecto. Los voluntarios apreciaban a todos quienes ayudaran, y los residentes del área tenían más curiosidad de las flores y árboles que de los que los sembraban.

Ella miró a su derredor, notando cómo el sol de la tarde creaba un halo dorado alrededor de las casas que rodeaban la plaza. Los niños morenitos jugaban en los jardines y calles cerradas mientras los cuidaban sus papás o algún otro adulto disponible. De verdad, era el pueblo entero que criaba a los niños en estas partes.

Las mujeres se sentaban juntas en las verandas de sus casas, deshilando los ejotes o limpiando los frijoles. Ancianos caballeros se sentaban en los bancos en las verandas o en sillas de jardín frente a la plaza. Cruzaban sus delgadas piernas y descansaban sus manos nudosas en sus bastones, siguiendo los avances en el trabajo de los voluntarios con singular interés; y sus expresiones reflejaban una actitud de hombres muy acostumbrados a estar al mando.

La vecindad era pobre pero digna, repleta de risas espontáneas y pasiones sencillas de gente que sabía ser feliz sin mucho lujo. Si de ella dependiera, llevaría jardines comunitarios a todas las vecindades pobres en todo el mundo. Seguiría trabajando con Enrique y con los demás. Era como el mismo paraíso para ella. Era materia prima para los sueños.

Sintiendo un poco de envidia por Enrique y sus compañeros, Lilí hubiera querido ser parte de la comunidad en lugar de visitarla nada más. Se sentía más en casa en este lugar que en cualquier otro sitio desde hacía mucho tiempo, y sin embargo era una intrusa y así la verían siempre.

Lo más irónico era que, de decirle a cualquier otro suburbano de Denver que quería tomar parte en la comunidad del Círculo de la Esperanza, la tirarían de loca. Una zona pobre. Una *mala* zona. No tenían la menor idea de lo equivocados que estaban.

Enrique había cumplido con sus promesas hechas a la luz de la luna, de comenzar de nuevo con ella, lo cual le daba muchísimo gusto. Habían trabajado juntos durante dos días disfrutando de sonrisas espontáneas y risas naturales. Poco a poco, ella empezaba a sentirse aceptada por él, y se sentía tan apreciada por él como por los demás.

Al caer una larga sombra fresca sobre la parcela donde ella había estado sembrando acianos color azul lavanda durante varias horas, ella levantó la mirada y arqueó una ceja coqueta. *Hablando del Rey de Roma.*

—Me tapas el sol.

—¿Vas bien? —preguntó Enrique, sonriéndole.

Ella indicó la fila que ya había terminado, orgullosa de su trabajo pero esforzándose por aparentar cierta humildad.

—Tú eres el supervisor... tú me dirás.

Ella estaba hambrienta de una palabra suya de aprobación, aunque de verdad él las daba constantemente a todos los colaboradores en el proyecto. Aún así, ella quería más. Enrique, por muy serio y por muy disciplinado que fuera, tenía un trato muy amable y agradecido con la gente; un trato que reflejaba su sinceridad e inspiraba al arduo trabajo.

Él miró a su derredor y asintió lentamente con la cabeza, como si estuviera perdido en sus propios pensamientos.

—Se ve muy bien. Nada más que hay un problema.

Sorprendida, Lilí siguió el recorrido que había hecho Enrique con la mirada con sus propios ojos. Estaba segura de haber seguido al pie de la letra todas sus indicaciones.

—No me digas. ¿Cuál?

—Las flores se ven muy bien, no te preocupes. Pero...

Se puso de cuclillas en frente de ella, y enchuecó la boca, levantando su camisa para limpiarle la cara.

—Logras cubrirte por completo de tierra todos los días, y por más que trato, no entiendo cómo lo haces. Es una parcela de tierra, mi ángel, y no una piscina.

—Muy chistoso —replicó ella, fingiendo la altanería. Dio un paso hacia atrás y se limpió la cara con su codo, y la imagen del Cochinón en las caricaturas de *Carlitos* corriendo por su mente.

—No estoy más sucia que todos ustedes.

—Lilí —dijo Enrique pacientemente—, estás más sucia que la misma tierra. En cualquier momento te van a brotar tallos.

—Lo que pasa es que me apasiono con el trabajo —dijo ella riendo.

—Se nota. Se te nota en todas partes—le limpió un poco de lodo de la punta de su nariz, y luego de examinarlo, se lo enseñó para dar énfasis a sus palabras—. ¿Qué pensarían todos esos reporteros de revista si te fueran a ver ahora?

Lilí arrugó la nariz, sin querer permitir siquiera que ninguno de los recuerdos de la vida real —la cual parecía menos y menos real con el paso de cada minuto— echara a perder este día tan perfecto. La vida real, como un buitre veloz, estaba descendiendo en picada sobre ella. Cavó otro hoyo y levantó la vista para mirarlo.

—¿Te daría vergüenza ser visto en público conmigo así de sucia?

—Eso depende. ¿Preguntas que si te llevaría a bailar vestida como bola de lodo? —se encogió de hombros—. Probablemente no.

Ella sabía que estaba bromeando, pero la idea de que la fuera a llevar a bailar le hacía revolotear el estómago.

—La verdad es que fue una pregunta honesta.

Extendió los antebrazos para examinarlos, y se dio cuenta que de verdad se veían muy sucios, y empezó a sacudirse, sin lograr limpiarse del todo. La tierra arcillosa sólo se extendía, de sus palmas a sus brazos y hasta la espalda.

Él inclinó la cabeza.

—¿Qué? —preguntó.

—Tengo que llevar mi coche al taller. Se supone que lo tengo que dejar en la agencia por la calle de Broadway esta tarde —sonrió exageradamente—. ¿Qué tendré que hacer para que me sigas a la agencia para darme un aventón a la casa de Gerardo?

—¿Qué tendrías que hacer? Mm —se cruzó de brazos y el sol iluminaba su cabello y hasta la piel bronceada debajo de éste—. Te voy a dar un consejo gratuito. Nunca preguntes eso a ningún hombre.

—Tú eres un hombre honrado, ¿no? Así que tú no cuentas.

—Bueno, si tú lo dices —le guiñó el ojo—. No es problema. ¿A qué hora tenemos que irnos?

Ella estaba contenta al saber que por fin había logrado penetrar algunos de sus cuidadosamente construidos muros de propiedad y deber. Una semana antes, él jamás habría accedido a subirse a un coche con ella. Ella decidió intentar llevarlo a un próximo nivel dado que él había sido tan ameno ante la primera sugerencia.

—Cuando sea. ¿Qué tal si te pago el favor invitándote a cenar?

—No es necesario.

—¿Desde cuándo cuenta la necesidad en una invitación a cenar? —de repente se encontró empeñada en hacerlo aceptar la invitación—. Acepta aunque no sea necesario. ¿Por favor?

—Me falta terminar mucho trabajo —dijo con una sombra de duda cubriendo sus facciones—, no sé.

—¿En la casa de Gerardo? Yo puedo ayudarte.

—Lilí —dijo con un tono de advertencia.

—¿Qué? —ella abrió los brazos, encogiéndose de hombros—. Dijiste que podía ayudarte cuando trabajabas ahí.

Ella tenía toda la razón, y se dio cuenta de su victoria al notar la expresión en el rostro de Enrique.

—De todos modos no tengo tiempo para salir a cenar.

—No hay problema —sonrió ella—. Tienes cocina en la cabaña, ¿o no? Yo prepararé la cena.

—¿Cocinas? —el escepticismo se reflejó en su expresión.

—Oye, ¡no desconfíes de mis habilidades! —lo miró despectivamente, en broma—. Soy descendente de mujeres que cocinaban tres veces al día, todos los días.

—Y yo soy descendente de vaqueros, pero no me ves montando a caballo —estuvo a punto de reírse—. ¿Cuándo fue la última vez que cocinaste algo?

—Para tu saber, no es mi costumbre ofrecerme a cocinar para ningún hombre, Rico—extendió la mano, y le dio un manacito a él, dejando una mancha sucia en su piel bronceada—. Deberías sentirte halagado.

Él se rió.

—Nada más si me dices una sola cosa.

—¿Cuál?

—¿Te vas a lavar las manos primero?

La terrón que ella levantó y le aventó logró pegarle en un lado del cuello.

—¡Muy chistoso! Ahora sí que me vas a tener que dejar que te lo demuestre—dijo, arqueando la ceja en son de reto—. Hasta te hago una apuesta.

—¿Qué apuestas?

—No sé. Lo tendré que pensar.

La miró fijamente durante unos momentos, y luego asintió con un movimiento de la cabeza.

—De acuerdo. Es un trato. Mi cocina es toda tuya. Hasta me ofreceré a limpiarla después —agregó espléndidamente.

—No cabe duda que eres presa fácil.

—¿Qué significa eso? —se puso de pie, y luego le ofreció la mano para ayudarla a levantarse.

Ella se sacudió su pantalón con las dos manos.

—De haber conocido tu debilidad ante los juegos de azar, Rico, te habría apostado mucho más que una cena.

Dio media vuelta y caminó hasta el lugar donde había una manguera de agua, sintiendo el calor de su mirada durante todo el paseo. ¡Dios! ¡Qué sensación más agradable! Sonrió de oreja a oreja.

Limpia otra vez y luciendo un vestido de tirantes largo de rayón rojo, Lilí se agachó a abrir el horno para verter una salsa sobre el pollo horneado con leche agria. Era su receta favorita, una que le había dado su amiga Cindi; una modelo de alta costura originaria de Texas. Había considerado la posibilidad de preparar algún platillo mexicano para agradar a Enrique, pero en verdad, tenía mucho tiempo sin cocinar. El pollo horneado en leche agria era punto menos que imposible de arruinar, y aunque se echara a perder, no perdía su delicioso sabor.

Le había dicho a Enrique lo que ella iba a ganar en la apuesta si a él le gustaba la cena, y se había puesto un mandil con grandes letras rojas sobre el talle que deletreaban: BESA A LA COCINERA, por si acaso se le fuera a olvidar. Sonrió traviesamente. Lo incómodo que se sentía Enrique ante la situación valía toda la pena.

Ella se lavó las manos, y luego volteó a enfrentar a Enrique mientras se las secaba con una toalla de cocina de cuadritos. Él se había puesto un pantalón de mezclilla limpio y una camiseta negra, y ella admiró la anchura de su fuerte espalda mientras éste buscaba un sacacorchos en un cajón. Al encontrarlo, lo giró dentro del corcho con suficiente fuerza para flexionar sus músculos tanto en la parte superior de los brazos como en la parte superior de la espalda.

Ella había estado pensando en una pregunta desde la tarde en el sitio de trabajo, y observar fijamente sus músculos esculpidos la hizo formularla.

—¿Es cierto que tienes ascendencia de vaquero?

Ella se había enamorado de muchos vaqueros en la ficción, con sus caras duras y manos encallecidas. Los vaqueros mexicanos eran los más sensuales entre los sensuales, y ella no dudaba en lo más mínimo que aquella sangre caliente corriera por las venas de Enrique.

La miró sobre el hombro, un lado de su boca levantado, divertido por la pregunta.

—Soy mexicano, Lilí. Todos tenemos ascendencia vaquera.

—Ah, uno de aquellos cuentos —dijo ella, aceptando una copa de vino que Enrique le había servido. Tomó un poco, para luego continuar—. Cuéntame la verdadera historia. ¿Cómo era tu padre?

La cara de Enrique tomó una expresión perdida y luego señaló en dirección a la puerta.

—¿Nos sentamos afuera? Noté que está floreciendo en toda su plenitud la madreselva. Huele rico.

Ella asintió con la cabeza, y se acomodaron en la veranda, con un relojito para medir el tiempo de cocción del pollo colocado sobre la mesa que los separaba.

—Papá era un soñador —dijo Enrique con un tono de

voz que indicaba claramente que no le agradaba el concepto. Por su tono, pudo haber dicho: *Papá era un asesino*.

Qué extraño. Ella siempre había admirado a la gente que fijaba metas muy altas y que soñaban en grande.

—Pero eso es bueno, ¿no?

Enrique negó con la cabeza, sus labios encorvados hacia abajo.

—No siempre. Para papá, su gran aventura siempre estaba a punto de llegar; siempre se avecinaba. Nunca pudo conformarse por mucho tiempo con lo que tenía —le echó una mirada de reojo—. No fue mi intención hablar mal de mi padre.

—Te comprendo —Lilí recordó las palabras de Isaías cuando había dicho que todos en la familia le decía *el soñador* a Enrique, y le intrigaba el paralelo. Se imaginaba que Enrique siempre habría sido comparado con su padre, un hombre quien —a causa de su muerte— abandonó a su familia entera. Eso podría explicar muchas cosas—. Yo sé que lo amabas. Mira cómo has sacado adelante a toda la familia.

Enrique sonrió tristemente, esquivando sus palabras al simplemente pasarlas por alto.

—Papá conseguiría algún trabajo y trabajaría muy duro durante un tiempo, pero siempre le seduciría algún trabajo mejor, o un ofrecimiento que lo hiciera dejar lo que tenía seguro. Una y otra vez —meneó la cabeza.

—Murió en un accidente de trabajo, ¿no?

—Sí —flexionó brevemente un músculo en la mandíbula—. Era una fábrica donde había trabajado muy poco tiempo. No le gustaba. Era como un puente, ¿sabes? Un puente entre un buen trabajo y la búsqueda de otro buen trabajo.

¿Qué pasó?

—Papá no quiso dedicar el tiempo necesario para aprenderse todos los procedimientos de seguridad en la fábrica, porque no pensaba trabajar mucho tiempo en el lugar —sus ojos reflejaron el dolor que sentía—. Él mismo tuvo la culpa de la explosión. Murieron diez personas.

—Cómo lo siento —dijo ella, estirando la mano para colocarla en la rodilla de Enrique.

Él cubrió la mano de ella con la suya y la apretó.

—Gracias. Estuve... estuve enojado durante mucho tiempo, Lilí. Papá con sus sueños de opio, y nos hizo sufrir a todos.

¿Cómo consolar a un hombre cuya vida entera había cambiado por una sola acción en un momento de descuido de otra persona? ¿Un momento de descuido de un hombre que se suponía que lo quería?

—¿Dónde estabas tú cuando sucedió?

—En la casa, preparando mis cosas para salir a...

—¿A dónde, Rico?

—Cliqueó la lengua como si se tratara de un tema ridículo, y luego sacudió la cabeza. Su cara mostró una media sonrisa.

—A la universidad. Ese era *mi* gran sueño de opio, y por fin se me había brindado la oportunidad de realizarlo.

—Ay, Rico, es una lástima.

A ella le dolieron los sueños perdidos y juventud acortada del pasado de Enrique. Seguramente resentía a su padre. Era lógico que lo resintiera, en vista de que había tenido que abandonar su única oportunidad de estudiar una carrera universitaria por tener que mantener a su madre y tres hermanos. Ella se mordió el labio, observando el fuerte perfil de Enrique. Con razón era tan fanático respecto a sus responsabilidades.

—Aún puedes estudiar una carrera, Rico. Eres muy joven.

—Igual que Ana y Amalia, y ellas dependen de mí. Mamá también —la miró con una expresión triste—. ¿Estudiaste una carrera universitaria, Lilí?

Ella negó con la cabeza, y se dio cuenta que ya no le avergonzaba la verdad como antes.

—No. Me fuí a Nueva York, París, Hong Kong, y a Río de Janeiro. Empecé la carrera de modelo cuando estaba en la preparatoria.

—¿Fue tu gran sueño hacerlo?

Inclinando la cabeza de lado a lado, ella torció la boca.

—Lo *fue*.

—¿Y ahora?

Sus miradas se juntaron durante un momento, y el corazón de ella latía tan fuerte que lo sintió hasta en la garganta. ¿Qué le podía decir cuando apenas sabía ella misma? El timbre del reloj interrumpió el momento, salvándola de tener que contestar honestamente. En cambio, sonrió traviesamente a Enrique.

—¿Ahora? Nada más quiero que te guste el pollo que te preparé.

Se puso de pie, pero antes de que pudiera entrar a la pequeña cabaña, él la tomó por la muñeca y la atrajo hacia él. Ella cayó de golpe en su regazo, y él rodeó su cintura con los brazos. Después de un momento sofocante, él le rozó los labios con los suyos. Suave y tiernamente, con sabor a dulce y vino. Y volvió a besarla, con mayor urgencia, y su lengua recorrió el labio inferior de ella. Antes de que ella pudiera recobrar la compostura, él se levantó de la silla, y la alejó de sí.

Ella parpadeó varias veces.

—¿De qué se trató eso?

Enrique se vio apenado, volteando las manos de manera casi desesperada.

—No quería que nuestro primer beso tuviera nada que ver con el pollo.

Primer beso. A ella le gustaron esas palabras.

Durante los próximos días al trabajar lado a lado con Enrique en el Círculo de la Esperanza, el tiempo parecía volar para Lilí. Su pollo horneado en leche agria fue comentado en todo el sitio de trabajo. Fingió desinterés ante los halagos y peticiones por la receta, pero en sus adentros estaba feliz.

Al trabajar, ella guardó como recuerdos las risas espontáneas y amistades florecientes, peleas de lodo y miradas conocedoras. Al parecer, todo el mundo aceptaba que entre ella y Enrique existía una relación especial, pero nadie se entrometía a buscar detalles, ni se burlaban con comentarios de doble sentido. Ella estaba muy agradecida por eso. Ahora que había recobrado la amistad de Enrique —y hasta habían compartido uno que otro beso— no quería ahuyentarlo. Tal y cómo dijo Pilar, tenía que aprender a gatear antes de aprender a caminar.

En lugar de enfocarse en el desarrollo de sus sentimientos, Lilí se empeñó en aportar lo que podía al sinfín de trabajo. Llegaba temprano todas las mañanas para ponerse a trabajar de inmediato, y se quedaba normalmente hasta encontrarse solos ella, Isaías y Enrique. Después de ocho días, ella sabía que se había ganado el respeto de los otros voluntarios cuando Rubén, un hombre que en un principio había sufrido miserablemente de idolatría y enamoramiento, la había llamado desde la caja de un camión. *¡Oye Lilí!* había dicho. *Ponte a trabajar que no eres adorno. Agarra el otro extremo de este banco, ¿quieres?*

Las únicas otras dos mujeres que trabajaban en el sitio, Judit y María, la habían aceptado también, tímidamente preguntándole por ideas para maquillarse e insistiendo en que les contara Lilí de su vida supuestamente tan elegante en Europa.

Ella llegaba a casa totalmente rendida todas las tardes —con ampollas en los talones y callos en las manos— pero se despertaba cada mañana sintiéndose como si su vida valiera la pena. Ahora, si sólo pudiera hacer que se formara un callo en su corazón, quizás pudiera dejar este mundo para cumplir con su compromiso en París.

El día de su partida llegaba como un tren desenfrenado.

París. Ostensiblemente, sería su hogar durante los si-

guientes tres años. Se había comprometido. La espera-
ban. Sin embargo, no se hacía a la idea de irse todavía.
Había aplazado sus reservaciones de vuelo para apartar
de su mente la fecha de salida, pero a fin de cuentas, ya
no podía seguir esquivándolo. Tuvo que hacer la llamada
que tanto temía hacer.

Una semana antes de su programada salida para volar
al otro lado del océano alejándose tanto de Enrique,
marcó con dedos gélidos y temblorosos una llamada in-
ternacional a Gerardo en Milán. Mientras los timbrazos
extrañamente poco familiares zumbaban en su oído, su
corazón empezó a tamborilear. Caminó hasta la orilla de
la terraza de piedra y se apoyó contra el barandal, mirando al cielo grisáceo y lleno de nubes como si fuera su
enemigo. Las tormentas primaverales habían llegado a
Colorado como era costumbre, y se pronosticaban varias
más durante los próximos días.

Ándale, contesta. Pero no contestó.

El timbrazo continuo le sirvió de salvación momentá-
nea, y Lilí dejó escapar un largo suspiro. Sabía que Gerardo estaría molesto al escuchar su petición, pero ella
tenía que recordarse que *él* era quien trabajaba para *ella*.
Ella se había prometido tomar los pasos necesarios para
cambiar su vida, y tenía toda la intención de cumplir su
propia promesa. Tan pronto como contestara su maldito
teléfono. Cuando estaba a punto de colgar, se conectó la
llamada.

—¿Bueno?

Ella humedeció sus repentinamente secos labios, y su
cuerpo se puso rígido por la tensión. Con un tono de voz
fingidamente alegre, habló.

—Hola, Gerardo. Soy yo.

—¿Lilí? ¿Qué sucede?

—Nada, nada más llamaba para saludarte —*mentira número uno*—. ¿Llamé en un momento inoportuno? Jamás
he podido calcular el cambio de hora.

—No. Me agrada que hayas llamado, de verdad. Así no

tuve que marcarte yo. Espera un segundo —lo escuchó moviendo papeles—. Bien. Ahí te va. Y con anticipo, nena. Antonio estará en Denver en algún momento de esta semana y le he dicho que puede hospedarse en la casa.

—Me parece bien —dijo ella, sintiéndose distraída. La plática insignificante convenía cuando estaba uno a punto de lanzar una bomba a alguien—. ¿Cómo salió la sesión fotográfica de Klein?

Hubo un silencio y sólo se escuchó la estática en la línea.

—Oye, Lilí... parece que estas vacaciones han hecho milagros por tu actitud.

No tienes ni idea, pensó ella.

—¿Qué pasó con: *Gerardo, ¡es un imbécil! ¿Cómo pudiste hacerme eso?* —dijo, bromeando al usar un tono de falsete.

—No lo sé —sonrió ella, sintiéndose benévola. Rodeó un brazo alrededor de su torso, descansando su otro codo encima, y luego volteó para apoyar su espalda en el barandal. De repente, notó cuán austera era esta mansión en comparación con las casas humildes pero repletas de amor en el Círculo de la Esperanza. La franca ostentación de la riqueza jamás le había agradado, sus únicos dos lujos habían sido su carro deportivo Mercedes y una gran casa de un solo piso que había comprado para sus papás cerca de Brighton.

—Me supongo que... pues, que no me importa en lo más mínimo lo que él haga o deje de hacer. Oye, Gerardo. Por lo que te llamé es que...

—Primero, dime que ya tienes tu boleto de avión —dijo él, con tono de empresario, como siempre. Ella puso los ojos en blanco. Visión de túnel. Pensaba sólo en el dinero—. Se te acaba el tiempo, ¿sabes? En estos momentos dentro de una semana, estarás en París.

Se le hizo un nudo en la garganta, y tuvo que esforzarse para aparentar la calma y la firmeza a la vez. Se acomodó el cabello atrás del oído.

—Pues, la verdad es... este... es respecto a eso que te llamo.

—¿Qué? ¿Cómo? No me digas que algo te ha sucedido.

—No... nada —meneó la mano libre en el aire a un lado de ella con exasperación—. Déjame terminar una frase y sabrás, ¡por el amor de Dios!

—De acuerdo. Discúlpame. Adelante.

Ella demoró un momento en seguir, y disparó las palabras con los ojos apretadamente cerrados, temiendo la reacción de Gerardo.

—Necesito otro mes antes de irme, Gerardo. Me he metido en un...

—¿Qué? ¡Lilí! No. De ninguna manera.

—Nada más, escúchame un momento —contestó ella, empeñada en ganar la batalla ya que había disparado la primera bala—. Me he metido como voluntaria a trabajar en un proyecto que realmente vale la pena aquí y no quiero dejarlo a la mitad —*mentira número dos*. De acuerdo, era verdad en parte. Era cierto que le agradaban las horas que pasaba trabajando con la organización.

—¿Proyecto de voluntarios? ¿Cuál? ¿Cuándo?

—Se llama El Proyecto Arco Iris, pero déjame terminar—respiró hondo para armarse de valor—. Aquellas terribles notas de tabloide siguen en circulación, Gerardo. Me supongo que las has visto, ¿verdad?

—Sí. ¿Y? Ve al grano, Lilí.

Ella empezó a caminar de un lado al otro, emocionándose más y más con su cuento conforme lo inventaba. Se imaginó que debería haber inventado todo esto antes, pero no importaba. La versión inventada al vapor estaba saliendo con verdadera inspiración divina.

—Esos artículos barrieron con mi imagen y me dejaron en el suelo en cuanto a mi moralidad. Mi trabajo en este proyecto puede generar buena prensa para contrarrestarlo —al no contestar él, ella siguió adelante—. Tú sabes cuán devastadora puede ser la prensa. Yo creo que los administradores de Jolie preferirían a una vocera conocida

por donar su tiempo para causas valiosas que por nego-
ciar actos sexuales a cambio de unos senos operados.
¿Estás de acuerdo, Gerardo? Y no lo menciono porque lo
haya hecho, ¿entiendes? —agregó en voz baja y veloz.

Gerardo pronunció una blasfemia, y ella hizo una
mueca de dolor.

—Por favor, Gerardo. Necesito hacer esto. De verdad
—se le cerró la garganta, y apretó los labios para no seguir suplicándole—. Necesito un mes.

El suspiro dudoso le llegó desde el otro lado de la
línea.

—¿Un mes?

—Sí.

—Les preguntaré, Lilí. Es lo único que puedo hacer.
Me supongo que aceptarán.

El alivio que ella experimentaba en esos momentos era
tan agudo que se le doblaban las rodillas. Caminó tamba-
leante al sillón y se desplomó en él, descansando su
frente en la palma de su mano.

—Qué bueno. Gracias.

Se escuchó el movimiento de más papeles.

—¿Cómo dijiste que se llamaba el proyecto?

—Se llama El Proyecto Arco Iris.

—Entonces, ¿se trata de alguna cosa cultural?

El tono de Gerardo le molestó de sobremanera, pero
tragó en seco.

—Me supongo que podrías decir eso. En gran parte se
trata de gente de México que crean jardines comunitarios
en vecindades pobres —le fluyeron las palabras en un
monótono. Y luego con más emoción—. Gracias, Gerardo. Significa mucho para mi.

—Está bien —hubo una pausa. Ella supo que estaba es-
cribiendo algo—. ¿Cómo te enteraste de este volunta-
riado, eh? —preguntó, de manera casual—. La última vez
que hablamos juntos, no tenías planes para tus vacaciones.

Ella se quedó momentáneamente paralizada, pero recobró rápidamente su compostura.

—Sí. Yo... hubo una nota en *El Denver Post*. Me pareció una buena manera de pasar mi tiempo.

—¿Espero que estés usando filtros de sol?

—Por supuesto —su corazón empezó a volar de felicidad—. Convéncelos que necesito el tiempo, Gerardo. Te lo suplico.

—Haré lo mejor que pueda, Lilí. Tú sabes que quiero que mi modelo favorita esté contenta.

Su propia risa le sonó fingida en sus propios oídos.

—Te apuesto que dices lo mismo a todas tus modelos.

Él también se rió.

—Sí, ahora que lo mencionas, me imagino que lo digo a todas. *C'est la vie* —hubo otra pequeña pausa—. ¿Estás segura que no ha sucedido nada?

—No, Gerardo, nada —*mentira número tres*—. Todo saldrá perfectamente bien —empezó a llover y Lilí cerró los ojos, levantando la cara a la lluvia. *Nuevos comienzos.* ¿No era lo que había dicho Enrique de la lluvia?

Capítulo Ocho

Fue un arduo trabajo, pero por fin llegó el día cuando los jardines en el Círculo de la Esperanza estaban terminados. Grandes manchones de tierra oscura asomaban abajo de las plantas recién sembradas, pero habían terminado. Lo único que faltaba era que la madre naturaleza hiciera su parte para que el jardín floreciera.

Se había planeado un festejo comunitario para dos días después, y todos los voluntarios estaban ocupados con la limpieza, riéndose y abrazándose, emocionados por su gran logro. Al caer los largos dedos dorados de la sombra de la tarde sobre la plaza, Isaías y Natalio se fueron para llevar una carga de basura al tiradero. La esposa de Natalio, Judit, y su hermana, María, estaban descansando sobre la acera de la calle, cuidando a unos niños que jugaban cerca. Enrique había entrado a su casa para darse un regaderazo rápido, y Lilí atravesó a las escaleras ante la casa de Enrique para disfrutar de una vista más amplia de su creación.

Se juntaban las veredas de piedra en el centro de la plaza, en dónde había dos bancos de hierro forjado en una agrupación convencional. Un pequeño álamo, su tronco frágil sostenido con cadenas cubiertas de plástico, estaba echando raíces en un monte de tierra. Las zonas triangulares entre las veredas contenían macizos de flores cuidadosamente coreografiados según sus colores. Una manta de polemonios de color lavanda y rosa contrastaba con alegres anemonas blancas y amarillas. Las varas de oro silvestres complementaban los tallos largos y crespos de los Liátris color lavanda. Habían manchas de margaritas, minutisa y sándalo, y las flores favoritas de Lilí—los acianos azules—que bordeaban todo el magnífico conjunto.

Se le henchía el corazón de orgullo y gusto. Habían logrado transformar un espacio feo y baldío en algo hermoso para unir a la comunidad. Y ella había ayudado.

Atrás de ella, se abrió la puerta, y ella volteó en dirección al sonido. Ahí estaba Enrique parado tras la puerta mosquitera con expresión sorprendida en la cara.

—¿Tocaste, Lilí? No te escuché.

—No —ella se rodeó la cintura con los brazos y disfrutó los olores frutales del aire primaveral mezclados con el fuerte olor a tamales que emanaba de la cocina de alguno de los vecinos—. Nada más quería una vista más amplia del jardín.

La puerta se abrió y cerró con un golpe, y él se sentó al lado de ella, hombro a hombro. Ella se dio cuenta que él le había colocado su cálida mano en la base de la espalda.

—Es hermoso, ¿verdad?

—Mm.

Su enfoque cambió del jardín al calor que emanaba el hombre que estaba sentado a su lado. Se veía distinto a como normalmente lo veía. Las orillas del cabello que caía sobre su nuca estaban húmedas. Se había cambiado, y vestía una camisa de mezclilla descolorida con las mangas arremangadas hasta el codo. Para completar el casual atuendo sensual, llevaba un pantalón de mezclilla negra y unas botas negras. Su ropa olía a sándalo mezclado con cloro que ella ya asociaba con él, y anhelaba poder acurrucar la cara en los pliegues de su camisa, contra el calor de su pecho. Tenía que reconocer que era un hombre devastadoramente sensual. *El lobo.* Sonriendo al pensar en él de esa manera, volteó para darle la cara.

—Gracias, Rico, por dejarme trabajar contigo.

—De nada, Lilí —dijo—. Haces un excelente trabajo— sus ojos recorrieron toda su cara, descansando en sus ojos... y en sus labios. Estiró la mano para recorrer su mandíbula con el dedo pulgar—. Siento mucho haberme quejado en un principio.

—¡Más te vale!

Ella estiró la mano y tiró de la manga de su camisa, primero jugando, pero luego se apaciguó el momento, y no lo pudo soltar. No quería soltarlo. Miró detenidamente sus dedos que sostenían la camisa hasta que se le nubló la vista. Lo deseaba; lo deseaba tanto que quería llorar. Lentamente, levantó su cara hacia la de él, consciente del fuerte palpitar de la sangre caliente en su cuello. El ardor que la había cegado momentos antes, ahora la debilitaba.

Enrique se había dado cuenta. *Ahí estaba esa mirada.*

Ella sintió el movimiento de él antes de que lo hiciera, o quizás fue porque el vehemente deseo de su mente lo había hecho realidad. La cabeza de Enrique bajó al mismo tiempo que metió dos dedos en la cintura de su *short* de mezclilla para atraerla hacia él, y al tocarse las extremidades inferiores de sus cuerpos hubo una explosión de calor entre ellos.

Al mismo tiempo que sus gruesas manos rasposas rodearon sus costados, su boca capturó la de ella. Él sucumbió ante el beso como si su propia supervivencia dependiera de poder tener sus labios contra los de ella. Su cara olía a jabón *Ivory* y su lengua guardaba un poco de sabor a menta al tocarla, para retroceder un poco y volver a tocarla de nuevo. La mordisqueaba y la chupaba suavemente. Hubo calor, luego ardor y un ligero roce de su barba.

Un deseo ardiente y húmedo corrió por todo el cuerpo de ella, y un gemido se escapó de su garganta. Se arqueó contra el cuerpo de él, y las puntas de sus senos ya endurecidas se estremecían debajo del corpiño que llevaba. Él deslizó una de sus manos alrededor del hombro de ella para enredarla en su cabello, y llevó la otra mano hasta la base de su espalda. Plantando firmemente las piernas, él la atrajo hacia el círculo de su cuerpo. Jalándole suavemente el cabello, tocó su cuello con la boca, cubriéndolo de besos y mordiscos hasta que sus labios lograron palpar el latido de su pulso. Se detuvo ahí un momento, gimiendo antes de pasar la lengua suavemente justo en el punto pulsante.

Sintiendo su corazón como golpe lento en su pecho, ella deslizó sus dedos por adentro de su manga y rodeó la parte superior del brazo con su mano, acariciando los músculos de sus bíceps con el dedo pulgar.

—Rico, no me he bañado —susurró, sus palabras mal articuladas a causa del deseo—. Estoy sudada.

—A mí no me importa, mi ángel —sintió el calor de sus palabras en el cuello al avanzar a paso urgente a su mandíbula—. Me sabes a gloria.

—Los trabajadores —le recordó.

Se quedó quieto un momento, y luego sin soltarla y sin alzar los labios de su piel, buscó torpemente la manecilla de la puerta, abriendo la puerta toscamente para jalarla hacia adentro. Sus pasos torpes sonaron fuertemente contra el piso de linóleo de la entrada, pero por lo menos ya estaban a solas.

Ya protegidos por la privacidad de la casa, él la empujó hacia arriba y contra la pared con los brazos alzados arriba de su cabeza, sus dedos entrelazados con los de Enrique. Respiraban con urgencia; los dos sofocados.

—Lilita...

—No —meneó la cabeza—. No hables. Todavía no.

—Es que quiero...

—Yo sé —susurró ella—. Yo también quiero. No sabes cuánto.

Sus ojos ensombrecidos por la pasión recorrieron su cara antes de que su duro cuerpo masculino se moviera contra su cuerpo y sus labios capturaran los labios de ella una vez más. Se agachó para abrir a besos un paso por su cuerpo, desenredando sus dedos para recorrer el interior de sus brazos con sus palmas, para pasar sobre sus curvas y huecos para llegar a los costados de sus senos. Sus dedos pulgares rozaron una vez sus pezones.

Ella gimió.

Rozaron de nuevo sus pezones, con más urgencia, y ella se presionó fuertemente contra su caricia. Ella deseaba mucho más; sus palmas, su boca. Sus nervios estaban tan de punta que su piel parecía zumbar. Una de las manos de Enrique se deslizó hacia abajo para tirar de la bastilla de su corpiño y sacarlo de su *short*, y luego le mordisqueó suavemente el estómago. Ella gritó suavemente en voz alta, sintiéndose morir de placer, del deseo primitivo que sentía profundamente en sus entrañas, pulsando en su centro. Tenía que tocarla, saborearla, poseerla, o ella materialmente se moriría. Ahí mismo. En ese mismo instante. Ella sabía que tenían que hacer el amor. Ella se colgó de sus hombros, atrayéndolo hacia ella.

—Rico, por favor.

Él se paró, su cuerpo sobre el cuerpo de ella, fundiéndose con ella. Cubrió de besos su cara, su nariz y sus párpados mientras canturreaba.

—Quiero hacerte el amor, Lilita.

—Sí.

—Quiero estar contigo.

—Por favor...

—Tan dulce. Tan ardiente —murmuró contra su piel. Su mano se deslizó para cubrir el calor pulsante entre las piernas de ella—. ¿Estás mojada por mí, querida? ¿Quieres sentirme dentro de ti?

—Por favor, sí. ¡Dios! Rico...

—Quiero hacerte el amor.

—Sí —susurró ella, lo que parecía mil veces, jadeando sofocadamente por entre las embestidas de su lengua, gozando de las caricias de sus palabras de amor contra su piel ardiente, la presión de su palma contra ella.

Justo cuando estaba segura de volverse loca por la presión de la mano de él sobre ella, se oyó la puerta abrirse, y pasos fuertes y voces. El momento se detuvo en el tiempo como si un cubetazo de agua helada se vaciara sobre sus cabezas.

Se separaron justo a tiempo cuando Isaías entró haciendo gran alboroto.

—Ric... —abrió los ojos exageradamente, mirando primero a su hermano y luego a Lilí y de nuevo a su hermano—. Mm —dijo débilmente—, con permiso.

Lilí agachó la cabeza, levantando la mano a los labios para limpiarse la pasión que aún quedaba ahí. Se vieron manos ansiosas enderezando su ropa, detrás de su espalda. Ella adoraba a Iso, pero no cabía duda que había escogido el peor momento para llegar.

—Discúlpenme —dijo Isaías—, no tenía idea de que...

—No importa —dijeron Lilí y Enrique al mismo tiempo.

Enrique se peinó con los dedos y soltó un suspiro de frustración.

—¿Qué se te ofrece, Iso? —preguntó con un tono suave.

Isaías se vio como si estuviera tratando lo mejor que podía de fingir ignorancia de lo que había interrumpido—. Los demás vamos a ir al changarro de El Tío Feo a tomar una cerveza para festejar que terminamos el jardín. ¿Nos acompañan?

Enrique la miró de reojo, sus ojos oscuros, deseosos e íntimos. Su mensaje silencioso le decía que bastaba una sola palabra de ella, y su hermano desaparecería. Estaría entonces haciéndole el amor a su cuerpo y a su alma.

—Tú dirás, Lilí.

Ella parpadeó varias veces. Lo deseaba con todas sus fuerzas en ese momento, pero sabía que tenían que hacer lo correcto. Se mordió un extremo de la boca con sus dientes.

—Deberíamos ir a festejar con los demás.

Los labios de Enrique, todavía húmedos por los besos, se apretaron en una línea recta, y asintió con la cabeza. Jamás desvió la mirada al contestar.

—Está bien. Iremos —se frotó los ojos con la palma de una mano—. Nada más...

—Danos un minuto, Isaías —terminó Lilí la frase.

—No... yo... comprendo —y desapareció Iso.

Ella se desplomó contra la pared. Enrique apoyó el brazo arriba de ella, su cara a meros centímetros de su cara. El reloj que marcaba la hora desde la cocina fue lo primero que notó ella, y después del reloj ya pudo escuchar las voces de los niños que jugaban afuera, las risas de los trabajadores, y los latidos de su propio corazón. Se humedeció los labios, y Enrique levantó la cabeza, bajando la mirada para disfrutar del movimiento.

Estiró la mano para deslizar un dedo desde la garganta de ella, por su pecho hasta llegar a su cintura, y para arriba de nuevo.

—Tengo que irme a la casa para bañarme —susurró ella.

—Está bien.

—No me tardo.

—Está bien.

Siguió una pausa espesa por el arrepentimiento. Ella tragó en seco, observando mientras éste se mordía la parte interior de la mejilla. Sus ojos le parecían tan intensos, tan fijos.

—¿Puedes pasar por mi? No conozco la cantina.

—Está bien.

—¿Rico? —hubo otra pausa.

—¿Sí?

—Esto no va a quedar así, ¿verdad?

—Dulce Lilita —le tocó su mentón, su labio inferior y

el hueco de su garganta. Sus ojos ardían con una abundancia de emoción que ella jamás había visto en nadie antes; una mirada con la que sólo había soñado antes.

—Mi amor —dijo él apasionadamente—, ni siquiera ha comenzado.

El camino de la zona conocida como El Barrio de las Tortillas a la mansión de Gerardo en la zona colindante al exclusivo Club Campestre de Denver era engañosamente corto, aunque no se pudiera pasar por alto el drástico contraste entre las dos zonas. Contrastando con la comunidad de Enrique en dónde las calles casi ondulaban con vida, música y gente, la colonia de Gerardo parecía estar clausurada, enrejada, cerrada y austera.

No hablaron mucho durante el camino. Lilí pasó el tiempo recordando la sensación de la boca y las manos de Enrique sobre su piel. Si la expresión en la cara de Enrique era indicación, él recordaba las mismas escenas. Se pusieron de acuerdo para encontrarse en el quiosco, y salir de allí. Lilí corrió por los jardines y se metió a la casa de Gerardo, apurada por arreglarse para salir con los obreros. A decir verdad, quería que ya se acabaran los festejos con los obreros para poder volver a los brazos de Enrique. Se quitó los zapatos incrustados de lodo en el recibidor y empezó a subir las escaleras, pero algo la detuvo.

Impulsivamente, corrió por la casa hacia la terraza de piedra, abriendo las puertas francesas y sonriendo al sentir su cabello levantado de su cara por la brisa llena de lluvia. Caminó descalza hasta el barandal y se inclinó hacia afuera, buscando a Enrique en los jardines, y lo vio dando la vuelta por la esquina del cobertizo con un ramo de rosas, al igual como la primera vez que lo había visto. Se le retorció el estómago con una sensación de haber estado en el mismo lugar en otro momento. Se enderezó, su mirada nublándose ante ella.

Hacía muy poco, no había tenido ni la más remota idea de lo que quería hacer con el resto de su vida. Su participación en la creación del hermoso jardincito en el Círculo de la Esperanza había sido la primera vez en mucho tiempo en que había sentido satisfacción en el placer de lograr algo. Ahora, con músculos doloridos por el trabajo honesto y su corazón repleto de recuerdos del amor y sencillez en la vida de Enrique, ahora sabía exactamente lo que quería en su propia vida. Quería tener un verdadero hogar, y a un hombre quién la amara. Quería verduras frescas cosechadas de su propia huerta privada. Quería tener suficiente tiempo y espacio para construir su propia casa y formar a su propia familia. Quería despertarse temprano para volver a hacer el amor. Quería el anonimato y la normalidad.

Quería a Enrique.

Era la pura verdad, y la descontroló. Ella ya no tenía ni ganas ni espíritu para ir a París, y sabía que jamás estaría dispuesta a irse. Todo era tan claro ahora, que apenas podía creer que no lo había visto semanas antes. Sintiéndose temblorosa y nerviosa por dentro, sabía lo que tenía que hacer, y sabía que lo tenía que hacer pronto. Era probable que destruiría su carrera para siempre, pero no le importaba. Tenía que rescindir el contrato con Jolie.

A la larga, la destrucción de su carrera no importaría mucho dado que, francamente, ya no quería seguir modelando. Siempre habría otra adolescente capaz de hacer pucheros quien se convertiría en toda una sensación y que tomaría su lugar, y ella ya estaba preparada para seguir su camino a hacer otra cosa, algo que la llenara. Con el paso del tiempo, nadie la echaría de menos.

Se apoderó de ella una sensación de paz. Estaba tomando la decisión correcta. Naturalmente, no le diría nada a Enrique hasta dejar asentadas las cosas. Ella realmente no sabía si él compartía el sueño de ella de compartir una vida juntos, y no quería ahuyentarlo. Si las cosas resultaban como ella las tenía planeadas, entonces él se enteraría muy pronto de todas maneras.

Llena de alegría y sintiendo la ligereza de la libertad, ella meneó las manos para captar su atención.

—¡Rico! —gritó, sonriendo cuando él levantó su mirada.

Enrique meneó la mano para saludarla, y ella le aventó un beso.

—Aquí te espero —le contestó.

Su estómago retorcido en un remolino de emoción, dio la espalda al barandal y se encontró cara a cara con Antonio... y Gerardo. Jaspeó, explayando la mano sobre su pecho. El tiempo parecía detenerse, como sí chocaran entre sí dos mundos; como si se tratara de pésimos efectos especiales en una malísima película. ¿Qué hacía Gerardo aquí? Logró despejar suficientemente la garganta para hablar.

—¡Dios! ¡Me asustaron!

Antonio sonrió burlonamente, pero ella lo pasó por alto, enfocando su atención a su empresario. Un pájaro desesperado y enjaulado empezó a golpear el interior de su estómago con sus alas. Se sentía como si fuera una adolescente descubierta en el acto de hacer algo que no debería hacer. ¿Habría sido testigo de su intercambio con Enrique? Aunque no le faltaran ganas de anunciar al mundo entero su felicidad al saberse enamorada de Enrique, reconocía que Gerardo jamás aceptaría que su "servidumbre" se igualara con sus invitados. Aunque ella se muriera de ganas de compartir la noticia, ¿en qué situación pondría a Enrique?

—Gerardo, no sabía que llegabas.

—Sí, pues. Decidí que me convendría venir a cuidar mis intereses, escoltándote personalmente a París —entrecerró sus ojos, pero fingió una naturalidad que ella sabía que no sentía—. No parecías muy emocionada ante la idea de irte.

Antonio estiró el cuello para ver hacia abajo.

—¿Quién es Rico?

El corazón de Lilí estaba latiendo a mil por hora, pero hizo un gesto con la mano como si no le importara en lo más mínimo.

—¿Quién? No es nadie. Es el nuevo jardinero de Gerardo —y luego volteó a encararse con Gerardo—. Te lo dije. Estaba trabajando en el proyecto de voluntarios.

—Pero convenientemente, se te pasó decirme que estabas trabajando con mi empleado —hubo una pausa incómoda—. ¿O no es así?

A ella se le secó la garganta.

—Me tardé un poco en entender la relación, pero vieras que tuve tanta confianza en Pacías que le presté unos útiles de jardinería para el proyecto. Jamás pensé que te considerara a ti como parte de ese trato.

La desesperación se apoderaba de ella. No soportaba la idea de que algo tan positivo pudiera ser tan malentendido. Ahora no.

—No es así, Gerardo. Además, ¿qué importa cómo me enteré del proyecto?

—Normalmente no importaría, si fuera eso y nada más. Pero acabamos de verte aventándole un beso, Lilí, y no soy pendejo de nadie —meneó la cabeza y suspiró con sentimiento de gran desilusión—. ¿En qué estabas pensando? Es un obrero, por el amor de Dios, Lilí, y tú eres una supermodelo.

—Interesante —agregó Antonio—. ¿Están jugando ustedes dos al Ceniciento o algo por el estilo?

Ella puso los ojos en blanco lo mejor que pudo.

—No seas estúpido, Antonio. Me ayudó a llevar mi coche a la agencia para hacerle servicio y yo... yo estaba agradeciéndole.

—Lilí, Lilí, Lilí —canturreó Gerardo, caminando lentamente al otro extremo de la terraza. Apoyó las manos sobre el barandal durante un momento, y luego volvió a

darle la cara a ella—. Me asombra que me creas tan ob-
tuso.

—Oye —le imploró ella, acercándose a él—. No te des-
quites con Enrique. No ha hecho nada malo. Ni siquiera
quiso que yo trabajara en el proyecto, Y-y ya lo terminamos.

—Entonces, ¿qué es lo que van a hacer dentro de cua-
renta minutos?

Ella consideró brevemente la posibilidad de mentir,
pero decidió decir la verdad. No le habían salido muy
convincentes sus mentiras hasta este momento.

—Nada más voy a festejar que terminamos el jardín
con los otros voluntarios, es todo —nada más necesitaba
un poco de tiempo con Enrique—. Tengo que arreglarme y... Enrique me iba a llevar porque no conozco el
lugar. Por favor, Gerardo...

—Está bien, Lilí. Ve a arreglarte para tu festejo. Pero
tendremos que platicar más tarde —dijo Gerardo—. No
me agrada para nada todo esto.

—Ya lo sé, pero todo saldrá bien para todos nosotros.
Te lo prometo. Platicaremos más tarde.

Apretó su mandíbula, pero logró una sonrisa animada.
Cuenta con esa plática, pensó.

Pasos. Enrique levantó los ojos del último ejemplar de
La Crónica de Hoy, que había estado leyendo mientras esperaba a Lilí en el quiosco. Sonrió al pensar en volver a
verla, pero en lugar de ella, un hombre rubio con cara de
bebé subía las escaleras. Su ropa parecía arrogantemente
cara y su actitud igual de arrogante, pero en el fondo,
tenía ojos crueles y un mentón débil. Además, era demasiado bonito para ser soportable.

Colocando el periódico en el banco, Enrique se puso
de pie, ya sin sonreír y sin ganas de esforzarse en hacerlo.
Hubo algo en el tipo que lo puso inmediatamente a la defensiva.

—Buenas tardes, señor.

—Oye —respondió el señor—. ¿Eres Rico, el jardinero? El hombre lo dijo como si fuera un insulto.

—Yo soy Enrique Pacías, sí —espera un momentito. Éste era el mismo hombre de la terraza, la primera noche en que conoció a Lilí. Recordó vagamente que a Lilí no le caía bien el hombre, y si las primeras impresiones contaban para algo, compartía el desagrado de Lilí—. ¿Puedo servirle en algo?

—No. Es probable que me hospede aquí de vez en cuando —lo barrió con la mirada—. Nada más quería conocer a algunos de los sirvientes de Gerardo.

Enrique trató de no reaccionar al escuchar el término.

—Soy Antonio —dijo, como si Enrique debiera reconocerlo—. ¿El modelo? —agregó impacientemente, meneando la mano como si su vida fuera tema de conocimiento público.

La mirada de Enrique bajó brevemente en dirección a la bebida de alcohol que el otro hombre sostenía en la mano, y luego la subió de nuevo. Quizás fuera tan insoportable porque estaba borracho. No sabía qué tipo de respuesta esperaba Antonio ante su aseveración respecto a su carrera.

—Seguramente has visto mis fotografías.

—Sí. Seguramente las he visto —mintió Enrique.

Antonio se pavoneó alrededor del quiosco con pasos largos y lentos, y las suelas duras de sus zapatos italianos de piel hacían eco al pegar en el piso de madera. Finalmente, se sentó en el banco frente a Enrique, sus piernas separadas, mirando con ojos astutos por encima de su copa a Enrique mientras bebía. Los hielos pegaron contra el cristal de manera exagerada.

Enrique se sentó también, pero con precaución. Este hombre traía algún plan. Hasta no enterarse de qué se trataba, estaba muy a la defensiva.

El hombre tragó su bebida y luego se limpió la boca con la mano.

—¿No deberías estar atendiendo el jardín o algo?

La implicación era más clara que el agua. Este arrogante hombre afeminado no lo pudo haber dicho más claramente si lo hubiera acusado directamente de negligencia en el cumplimento de sus deberes. Tenía ganas de pegarle por la acusación tan injusta, pero, por supuesto, se detuvo. El idiota era invitado de su jefe, y eso ameritaba cierta medida de respeto, lo mereciera o no.

—Ya terminé mi trabajo para hoy —logró decir a regañadientes, reprimiendo las ganas de agregar que no era asunto de su incumbencia. Trató de no contestar irónicamente, pero de todos modos sus palabras parecieron sarcásticas—. El señor Molinaro permite hasta a los sirvientes que disfruten de una vida propia.

—Qué amable de su parte. Entonces, ¿por qué sigues aquí?

—Aquí vivo —dijo, señalando con la cabeza en dirección a su cabaña.

—¿Sí? —Antonio echó una mirada despectiva en dirección al pequeño inmueble—. ¡Cómo! Pensé que esa cosa era almacén de utilería. En fin que está mejor que vivir en la camioneta, ¿verdad, mano?

La furia se apoderó de Enrique. Cómo se atrevía a...

Basta. Había soportado todo lo que iba a soportar de este hombre... mejor dicho, *niño*. Un niño imbécil. Enrique se puso de pie y empezó a bajar los escalones, con toda intención de esperar a Lilí en la veranda de su cabaña, pero las siguientes palabras del tipo lo pararon en seco.

—¿Es buena, verdad? —dijo Antonio en voz alta.

Muy, muy lentamente, Enrique lo encaró. El pulso en la nuca de su cuello lo golpeaba con fuerza, y la furia corría por sus oídos.

—Disculpe... ¿qué dijo usted?

—Lilí. Dulce... ardiente... Lilí —giró los hielos en su vaso; primero a la derecha y luego a la izquierda. Era lento. Era calculador—. Te apuesto que jamás habías estado adentro de algo tan rico antes —levantó sus ojos azules con toda la saña de retar a Enrique.

Las manos de Enrique automáticamente formaron puños.

—Cuide esa boca.

—Quizás sea conveniente que cuides la tuya, *Rico*. Es decir, que cuides dónde la pongas —terminó su copa—. A Gerardo Molinaro no le agrada que sus modelos anden pirujeando con la servidumbre ilegal de la casa.

Algo estalló dentro de Enrique, y la escena ante él se volvió roja como si estuviera consumida en llamas. No iba a permitir que nadie hablara de Lilí como si fuera una vulgar trotacalles. Antonio podía pensar lo que quisiera de Enrique, pero al meter a Lilí en su lío, se había pasado de la raya.

—Usted no es más que un vil embustero. Lilí jamás estaría con un niño como usted.

—¿Sí? ¿Crees que preferiría estar *contigo*? —echó la cabeza para atrás y se rió, como acción ensayada y fingida, como todo en él—. Acéptalo. Jamás habrá lugar para ti en nuestro mundo, *Rico*. Tú lo sabes y lo sé yo —sonrió burlonamente—. Lilí también lo sabe. A lo mejor desea una pequeña parte de ti, como recuerdito de sus vacaciones. Sin embargo, ella pertenece a la vida elegante, y no con un tipo como tú. Y lo único que harás con ella es impedir su éxito.

—Lárgate de mis jardines —gruñó Enrique.

Antonio se quedó boquiabierto como si estuviera observando las travesuras de un niño.

—¿Tus jardines? —se mofó—. Deja que te diga una cosa, Juan Valdez, puede que tengas el gusto de desherbar estos jardines, pero este pequeño macizo de flores me pertenece más a mí que a ti, ¡y no lo olvides nunca!

—¡Vete al infierno! —masculló Enrique.

—Ándale, pues —Antonio alzó los brazos en son de rendición, pero en el gélido hielo de sus ojos azules brillaba algo furioso y amargado—. Yo nada más quería hacerte un favor, y protegerte de la vergüenza que vas a sentir cuando te agarre Molinaro. Por si no lo sabías, ya llegó.

El estómago de Enrique se retorció y echó una mirada en dirección a la casa grande. ¿Habría llegado el jefe?

—Pero, ni una palabra más —continuó Antonio—. Ya me voy.

Colocó la copa de cristal de golpe sobre el banco pulido de madera, se paró y meneó la mano sobre la copa.

—Limpia eso antes de retirarte. ¿De acuerdo, *amigo*?

Capítulo Nueve

Una popular banda de baile de Corpus Christi estaba tocando ritmos de cumbia en la familiar oscuridad llena de humo de El Tío Feo. El bajo reverberaba por los pisos de madera pulida, y subía por las patas metálicas de la silla de Enrique mientras él se sentaba con los demás alrededor de dos mesas largas unidas en una.

El club, que había estado vacío dos horas antes cuando habían llegado, estaba llenándose de gente. Metidos en un rincón semiprivado y sin hacer caso a los demás clientes, los voluntarios tomaban cerveza y contaban cuentos exagerados puntualizados con risas fuertes. Enrique podía ver en sus ojos el orgullo que sentían al haber logrado —una vez más— algo que los escépticos habían dicho que era imposible. El sitio del Círculo de la Esperanza marcaba su quinto éxito sin contar siquiera con fondos confiables, y todos los jardines estaban floreciendo en abundancia.

Enrique compartía su orgullo, pero no lograba inspirarse para sentir el mismo entusiasmo, ni podía concentrarse en su festejo. Estaba ahí en cuerpo, pero no en mente ni en espíritu, debido al enfrentamiento con Antonio. Su furia ciega había dado lugar a la lenta y triste verdad. En varias cosas, Antonio tenía la razón.

El problema era que Lilí Luján cabía perfectamente en el mundo de Enrique. Sus amigos la habían aceptado inmediatamente, y era obvio que Isaías estaba medio enamorado de ella. Sí, ella compaginaba tan perfectamente que parecía como si su vida fuera un rompecabezas, y ella fuera la única pieza que hacía falta para ser completa.

Ella cabía. Pero ese no era su lugar.

Su presencia era como una visita inesperada de un ángel. Algo que podía disfrutarse durante un momento para pasar después al recuerdo. Ella tenía una gran vida fuera del pequeño mundo aislado de Enrique, y eso era una realidad que todo el mundo con la excepción de él se negaba a aceptar. No le quedaba otra alternativa más que aceptarlo porque por ser idiota, se había enamorado de ella. Y como Antonio le había echado en cara, jamás debería haberse engañado al pensar que podría terminar en algo más que en un romance fugaz que se vive una sola vez en la vida, con una de las modelos chicanas más famosas del mundo.

Él había tratado de protegerse contra lo sucedido, pero la dulce Lilí inspiraba amor. Ella era como la luz blanca que atraía a la gente como palomillas a un foco, y él se había dejado llevar por su luz. No era muy sorprendente. La mitad del mundo estaba enamorado de Lilí Luján. Él no era sino uno más en la multitud.

Sin embargo, la última vez que se había fijado, en El Barrio de las Tortillas no había muchas agencias de modelos de renombre mundial ni tampoco imperios de cosméticos. Aunque Antonio lo hubiera dicho con tanta crueldad, Enrique tenía que confesar que no tenía nada que ofrecerle a Lilí Luján.

Una vez que Molinaro se enterara de su relación con Lilí, nada importaría de todos modos.

Siempre estaría agradecido por la amistad que habían disfrutado, y feliz porque ella había extendido sus vacaciones para ayudarles a terminar el jardín. Pero su tiempo aquí no significaba sino eso, un descanso de su mundo normal de sofisticación. Él sabía que tarde o temprano tendría que irse, dejando el rompecabezas de su vida loca sin volver a ser completado nunca más.

¿Por qué era él el único dispuesto a reconocer esa verdad?

Con cualquier otra mujer, habría disfrutado de la dis-

tracción, pero ningún hombre podía estar con Lilí Luján
para simplemente seguir hacia la próxima mujer. Era imposible. Sin embargo, él tenía que seguir su camino. No
con otra mujer, sino con su vida.

Entonces, no estaría con ella.

Era un pequeño sacrificio para salvar su alma, supuso.

Gracias a Dios que Isaías los había interrumpido justo a
tiempo. Habría sido un error fatal hacer el amor con ella.
De por sí iba a ser sumamente difícil dejarla ir. Si de
hecho él llevaría su marca en su alma, los recuerdos del
sabor de su piel y el tono de su voz mal articulando las palabras por la pasión lo atormentaría para siempre. Si alguna vez lograba borrar las imágenes sensuales, sería por
milagro. De haber hecho el amor, habría sido materialmente imposible borrarla de su mente.

Enrique sostenía su botella de cerveza con fuerza, deseando estar enojado consigo mismo, pero estaba demasiado deprimido para poder armarse con ninguna
emoción que no fuera la apatía. Su instinto de luchar o
de volar se apoderó de él, y quería retirarse de la cantina.
Escaparse del dolor. Escaparse *de* ella antes de correr
hacia ella. Era un maldito idiota por haber pensado que
podrían durar.

Judit terminó de contar un chiste que había estado contando y todos en la mesa se rieron. El cabello de Lilí tocó
su brazo cuando ella agachó la cabeza hacia adelante para
reírse; olía a coco y sol, y estaba tan suave como el satén.
Vestía un pantalón suelto de mezclilla, un corpiño negro y
sandalias negras. Sus finos dedos rodeaban el cuello de
una botella café de cerveza, de la cual había quitado la eti-
queta, orgullosa de haber podido quitarla en una sola tira.
Le habían brillado los ojos al alzarla para enseñárselo.

Todo parecía tan normal, pero era una mera ilusión.
Una mujer, un hombre, una cantina, deseo. Pero no era
normal; era una mentira. Todo con excepción del amor
que él sentía por ella, y de la desesperación que sentía él
al saberla perdida.

Era inevitable.

Fingiendo una calma que no sentía, levantó la botella de cerveza entre sus dedos y la acercó a su boca. Tomando un gran trago, miró el reflejo de ella en la pared forrada con un espejo. Las luces amarillas y rojas de la cantina bailaban sobre sus facciones, instantáneamente creando imágenes eróticas en la mente de Enrique. Cerró los ojos durante un momento de auto=reproche silencioso. Se trataba de Lilí Luján, por el amor de Dios. ¿Qué andaba haciendo ella con él en una cantinita de mala muerte en el barrio?

¡Basta! Golpeó la mesa con su botella.

De repente, los hermosos ojos de Lilí se levantaron en dirección al espejo, encontrándose con los de Enrique en el reflejo. La escena era demasiado irónica para hacerle caso omiso. Eran dos personas de dos mundos diferentes, mirando fijamente hacia adelante, no directamente. Caminaban por la vida en caminos paralelos y sus caminos se habían cruzado por mero accidente. ¿No lo podía entender ella?

Era obvio que no. Sus labios formaron lentamente una sonrisa, y sus ojos verdes iluminaban el calor de la promesa. Volteó hacia él, y él sostuvo la mirada sobre el espejo, memorizando los suaves ángulos de su perfil, su nariz soberbia, y el trazo sensual de su cuello.

—Hola —murmuró ella con voz baja; íntima. Enrique sintió el roce de su suave aliento en la mandíbula.

Lentamente volteó la cara hacia ella, su Lilí de carne y hueso.

Durante un largo rato, ella estudió su rostro. Antes de darse cuenta de lo que iba a hacer, ella se inclinó tímidamente y le mordisqueó el labio inferior con los dientes, terminando con una pequeña caricia con su lengua.

Él se tensó y se hizo para atrás, el corazón en la garganta.

—No hemos tenido oportunidad ni para hablar todavía y... deberíamos hablar.

La expresión de ella se ensombreció.

Ya lo sabía. Gerardo había regresado y todo había terminado entre ellos.

Los ojos de ella dejaron de brillar y frunció el ceño.

—¿Todo bien?

La mente de Enrique luchó para buscar las palabras, sin saber qué decir. Decidió que la verdad sería la mejor opción.

—No sé —dijo cautelosamente.

—No me suena muy bien eso. A veces eres demasiado honrado para tu propio bien.

No contestó.

—Estoy bromeando —ella metió el cabello por detrás del oído y se impulsó contra su hombro. Al ver que todavía no contestaba, se preocupó.

—¿En qué piensas?

Enrique bufó, meneando la cabeza, y miró fijamente a la boca de su botella de cerveza.

—¿Por qué siempre hacen esa pregunta las mujeres?

—Supongo que porque queremos saber —el tono de ella fue ligero—, y nos damos cuenta que la única manera de enterarnos es preguntarles porque ustedes jamás nos participan esa información —lo estaba cotorreando, pero él no podía responder. Una gran pausa abrió aún más el abismo que los separaba—. *¡Hola!*

—A veces es mejor no saber lo que piensa un hombre —dijo él, levantando los ojos a mirar los de ella.

Todo vestigio de humor y pasión desapareció de su hermosa cara.

—Algo sucedió.

Sí Lilita. Me he enamorado de una mujer que no puedo tener. No para siempre, y no por completo, así que no la puedo tener en absoluto.

—No. Yo... —pasó la palma de la mano sobre su cara, comprando tiempo, fortaleciéndose en su decisión—. Ya me afectaron los días tan largos de trabajo.

Regresó la llama de la intimidad. Ella se acercó a él, su tono como ronroneo de un gato complacido.

—Llévame a casa y te garantizo que voy a hacerte olvidar de lo fatigado que te sientes. Y después hablaremos.

Un recuerdito de mal gusto. A pesar de la imagen tan fea, el deseo lo penetró como una flecha y no pudo resguardarse contra el ataque. No lograba apartar de la mente las escenas de esa tarde, el vívido recuerdo de sus senos presionados contra su pecho, sus manos recorriendo sus costillas como si lo hubieran hecho antes... y que volverían a hacer. Recordaba la suavidad prohibida, tan dulce y tan hermosa. Recordaba la fragancia del deseo emanando de su piel mientras la amaba, el sabor y calor de su piel, y la sensación de sus gemidos al rozar sus labios.

Él había gozado a varias mujeres. A pesar de las burlas de su hermano, no tenía intención alguna de llegar a ser santo en cuanto a los placeres con el sexo opuesto. Sin embargo, esta tarde con Lilí había sido distinto. No había querido sólo poseerla, sólo tomar su cuerpo como un hombre hambriento ante un banquete.

En cambio, había anhelado conectarse con ella. Quería demostrarle con su cuerpo lo que no había podido decirle con meras palabras. Quería amarla. Quería decirle que la amaba de la única manera que podía. Sin embargo, ella quería hacer el amor con él para luego despedirse de él. No quería ser recuerdito de mal gusto para nadie, pero especialmente no para Lilí.

Idiota.

—¿Enrique? —puso su cálida mano sobre su brazo, y le hablaba con palabras dulces y ojos amorosos—. Querido, habla conmigo.

—No, Lilí. No puedo... —las palabras hirientes de Antonio lo embistieron como si fueran demonios susurrándole en el oído.

Sirviente.

Jamás habrá lugar para ti en nuestro mundo... y lo sabe Lilí, también.

Listo para echarse a correr para escaparse de su propia y débil fuerza de voluntad y para curarse de los golpes a su dignidad, se paró abruptamente, volteando su silla. El respaldo metálico de la silla botó dos veces en el duro piso antes de quedarse quieto, al igual como la mesa de dónde todos voltearon a mirarlo con curiosidad. Miró a Lilí.

—Quédate con mi hermano, Lilita, ¿de acuerdo?

—¿Qué quieres decir? —preguntó, incrédula.

Tensamente, se agachó para levantar la silla, y luego buscó la cara de su hermano.

—Oye —levantó el mentón un poco—. Cuando esté lista para irse a casa, ¿llevarás a Lilí?—se peinó con los dedos—. Tengo... que... irme.

Iso frunció la frente.

—¿Rico?

—Espera —Lilí trató de agarrar su manga, pero él se sacudió suavemente para esquivarla.

—Lo siento mucho. No... me... siento bien.

Por lo menos no era mentira. Zigzagueó por la muchedumbre, sin fijarse cuando se topaba con la gente; su único deseo la huida. Quería correr; rápido y lejos, para darle la espalda a la verdad.

Se fue dando cuenta de las murmuraciones a su paso por la cantina. Alcanzaron el mismo volumen como el día cuando Lilí había llegado por primera vez al sitio de trabajo del Círculo de la Esperanza. Abrió la puerta pero se detuvo, sosteniendo la orilla en la mano. Algo lo impulsó a voltearse en dirección a la confusión, a sabiendas de lo que iba a ver, pero necesitaba verla una vez más. Sin embargo, no estuvo preparado para ver el dolor y confusión que encontró en la mirada de ella.

Una insoportable sensación de malestar retorció sus entrañas. Lilí estaba parada en el centro de la cantina, con una multitud de admiradores emocionados rodeándola. Aparentemente acababan de enterarse que había una superestrella en el lugar. La rodearon, deteniéndola.

Trataban de tocarla, pero ella estaba impávida. Su mirada húmeda e irresoluta se encontró con la suya, y no podía ver sino los ojos de Enrique. Su boca formuló una sola palabra.

—Espera.

Enrique sacudió la cabeza. Su sentido de culpabilidad luchó en contra de su instinto de supervivencia, y la supervivencia ganó. Todos los admiradores que la asediaban comprobaban las palabras hirientes de Antonio respecto a la incompatibilidad de sus vidas. Quizás hubiera un lugar para Lilí en su mundo, pero él *jamás* tendría un lugar en el mundo de Lilí.

Isaías se acercó a él y lo tomó del brazo.

—¿Qué hay? —el asombro se reflejó en su voz—. ¿A dónde carajos crees que vas?

—No puedo... —echó una mirada fugaz a Iso antes de mirar de nuevo a Lilí. Apretó sus dientes—. Oye, quédate con ella. Hazlo por mí.

Su hermano estaba furioso, y levantó su tono de voz para ser escuchado entre el bullicio de voces.

—¿Por qué no te quedas *tú* con ella?

—Ahora no, Iso. Te lo suplico —arrebató el brazo de la mano de Iso—. Tengo que irme. Déjame...

—Pero...

—No la dejes sola en este lugar —le imploró—. Llévala a casa y acompáñala a la puerta. Por favor.

—Rico, dime que...

—Dilo —insistió. Agarró el hombro de Iso, y lo sacudió ligeramente—. Dime que no la vas a dejar. Prométemelo.

—Por supuesto. Pero...

—Y dile... dile que me perdone.

Le dio la espalda.

—¡Rico!

Haciendo caso omiso a la súplica de su hermano, Enrique salió al frío de la noche lluviosa y dejó que la puerta se cerrara tras de él.

Abriéndose paso por la multitud, Lilí llegó a la puerta

principal y la abrió justo a tiempo para ver los cuartos de la camioneta de Enrique cuando arrancó el motor. Salió una pluma de humo del escape, y luego se vieron los faros de la reversa iluminando un rayo de luz en la oscuridad de la noche.

Lilí brincó por los charcos en el pavimento en dirección de él, su corazón tamborileando como martillo en su cerebro. No podía simplemente cruzarse de brazos mientras la abandonaba. La lluvia empapó sus pies a través de sus sandalias, y su corpiño de seda ya se le pegaba a la piel. No le importaba nada; lo único que le importaba era alcanzarlo antes de que se alejara. Gerardo había regresado, y el pequeño capullo de seguridad que había creado alrededor de ellos indudablemente tendría que cambiar. Intuía que si esta vez se le escapaba, no volvería a verlo.

Salió del estacionamiento en reversa, y ella escuchó cuando cambió la velocidad a primera.

—¡Enrique! ¡Espera! —gritó.

Pero no lo hizo. Y en un abrir y cerrar de ojos, se había ido.

No sabía cuántas horas había estado manejando, ni tampoco le importaba. Le daba tiempo para pensar, y al pensar, Enrique había llegado a una sola conclusión. Amaba a Lilí, y ella tenía que saberlo antes de que se terminara para siempre la relación entre ellos. No debería haber salido así. Pero primero, tenía que dar la cara a Molinaro.

Entró hasta la cabaña y se estacionó, quedándose sentado en el coche durante un momento para escuchar la lluvia en el toldo metálico. No estaba seguro de lo que Molinaro pudiera saber respecto a su relación con Lilí, pero le debía una explicación al jefe. El hombre le había tenido confianza, y aún conociendo las reglas, Enrique las había violado. Había tratado de esquivarse a Lilí, al igual

que a sus sentimientos hacia ella, pero le había sido imposible a pesar de las órdenes de Molinaro de guardar su
distancia de la invitada. Ni modo. Pero si negaba el amor
que sentía por esta mujer, abarataría su relación, y no estaba dispuesto a hacerlo. Molinaro era un hombre razonable. Enrique estaba seguro que lo comprendería, y si
no... pues él había sobrevivido otras desilusiones en la
vida.

Bajando del carro, se cubrió la cara de la lluvia y corrió
hacia la cabaña, y apenas se dio cuenta que Molinaro estaba sentado ahí en la oscuridad cuando le llegó el fuerte
olor de la pesada colonia del hombre. Enrique se paró en
seco, limpiando la lluvia de sus hombros y del cabello.

—¡Señor! Bienvenido a casa. ¿Me esperaba usted?

El jefe lo observó un momento, pero su expresión era
indescifrable. Parecía girar su respuesta en la boca antes
de pronunciarla.

—Sí. Así es, señor Pacías. Los jardines se ven muy hermosos. Hace usted un excelente trabajo.

Desconfiado pero esperanzado por el cumplido, Enrique tomó asiento al lado de Molinaro. Suponía que el
hombre se había enterado de su discusión con Antonio
durante la tarde. Era aún otro motivo para ofrecer una
disculpa, aunque esa disculpa le iba a costar mucho trabajo.

—Gracias —se limitó a decir.

—Antonio me dijo que discutieron esta tarde —dijo,
como si leyera los pensamientos de Enrique.

—Sí. Le ofrezco una disculpa, señor, pero dijo unas
cosas de la señora Luján que...

—Ah, sí. Lilí —Gerardo meneó la mano—. No se
preocupe por Antonio. Habla demasiado, especialmente cuando bebe.

Enrique se sintió muy aliviado.

—Pero, en cuanto a Lilí —Gerardo tomó una pausa, estudiando a Enrique mientras tamborileaba los dedos en
los labios—. Tenemos que discutir esa situación.

Molinaro no estaba nada contento. De eso estaba seguro Enrique. Dijo lo único que se le ocurrió: la verdad.

—La amo.

Era algo que necesitaba decirse, pero las palabras quedaron suspendidas entre ellos como una soga. Una soga justo del tamaño de su cuello. Enrique esperó; el temor tomando el lugar de su sangre en las venas.

El jefe no pareció impactado por su declaración. Al contrario, parecía repugnado, pero su tono salió modulado, como la voz de un hombre que tenía todas las de ganar.

—¿Tiene alguna idea de quién es ella?

—Por supuesto.

Molinaro corrió las manos por el cabello sin mover ni un sólo pelo de su perfecto peinado.

—Creí que había hecho perfectamente patente al salir de casa que no se metiera en los asuntos de mi casa.

—Así es —tragó en seco—. Traté de cumplir.

Molinaro espetó un bufido y meneó la cabeza.

—¿Está diciendo que Lilí provocó todos los problemas?

—No, en absoluto. Ella llegó una noche al jardín llorando, y le hablé porque me preocupó. Y de ahí en adelante... —se encogió de hombros— ...las cosas siguieron su curso natural.

—Las cosas no siguen a ningún curso natural, señor Pacías. Aquí hay alguien que es culpable.

—Entonces, acepto la culpa —dijo, enderezándose—. Lilí no tiene la culpa de nada.

Molinaro se puso de pie y caminó unos pasos hasta el otro extremo de la veranda, apoyándose en la viga de soporte del techo. Después de un momento, volteó.

—Le contó lo de París, ¿me supongo?

¿París? Enrique intentó ocultar el asombro y preocupación de su expresión, pero supo de inmediato que había fallado.

—Ya veo —murmuró Gerardo con una sonrisa—. Nuestra pequeña Lilí quería disfrutar de un romance insignificante, y lo escogió como víctima. Ahora tiene sentido.

—¿Qué hay de París?

—Ella va a salir a París la próxima semana, Pacías. Tiene que cumplir con un contrato de tres años ahí. Si no se lo dijo, entonces es evidente que sus intenciones son más honradas que las de ella.

Enrique sacudió la cabeza, pero estaba tiesa. No podía ser. ¿Por qué no se lo había dicho ella? ¿Por qué había dejado que se enamorara de ella cuando sabía que una relación entre ellos no podía llegar a ninguna parte?

—¿Ahora entiende? —Molinaro abrió los brazos—. Todo el amorío es unilateral, ¡de todos modos!

No. No. No podía ser. La Lilí que él conocía era genuina y abierta en cuanto a sus emociones. No habría ocultado algo tan importante. No lo habría utilizado de esa manera.

—No esté tan desolado, hombre. Así son las mujeres. Si le sirve de consuelo, ella tenía que haber salido a París hace tres semanas, pero extendió sus vacaciones.

Eso no consoló a Enrique.

—Déjeme facilitar un poco las cosas —Molinaro metió la mano adentro de su saco y sacó un sobre del bolsillo. Se lo extendió a Enrique.

La mirada de Enrique se fijó en el sobre, y luego la levantó a la cara de su jefe.

—¿Qué es esto?

—Considérelo como compensación por un buen trabajo en los jardines. Es suficiente para que pueda tomar un par de semanas con su hermano para ir a visitar a su familia. Para entonces, Lilí estará en París donde debe de estar, y usted, amigo, tendrá un trabajo aque regresar.

Enrique tragó en seco, reconociendo a la "compensación" por lo que era. Era un soborno por dejar en paz a Lilí. Flexionó un músculo en la mandíbula. ¿Qué clase de hombre pensaba Molinaro que era?

—¿Y si no lo acepto?

—Entonces, temo que tendré que despedirlo —los ojos de Molinaro brillaron con amargura bajo la lluvia nocturna—. Porque de verdad, pasó por alto las reglas de la casa.

Un momento largo pasó entre ellos. Enrique siguió mirando al sobre, y Molinaro miraba a Enrique. El viejo Enrique habría aceptado el soborno o hubiera hecho lo que fuera con tal de no dejar a su familia en dificultades económicas, pero esta vez no lo pudo hacer. Si había logrado aprender algo de su familia, era que cuando se amaban, las personas tenían que ser unidas. Él no vendería el amor de Lilí como si fuera una ficha de diez dólares, aunque ella no le correspondiera. Se paró.

—Puede guardar su dinero, señor Molinaro. Si Lilí quiere irse a París, lo puede hacer por su propio pie.

Molinaro arrugó el sobre con el puño.

—Está cometiendo un gran error, Pacías. Si se interpone en este negocio, por mi cuenta corre que nadie le vuelva a dar empleo en este pueblo.

—Yo no me interpongo en nada —su orgullo le enderezó los hombros—. Lilí significa más que un negocio. Es una lástima que no pueda usted entender eso. Si quiere que me vaya, me iré. Pero no será por que me haya pagado por irme. Me iré porque la amo.

Capítulo Diez

Los limpiaparabrisas tocaban un ritmo constante al pasar por el parabrisas del camión de Isaías. Lilí miraba directamente al frente, su vista alternando entre desenfocada y enfocada en las cortinas diagonales de lluvia que los faros del camión iluminaban con su rayo blanco de luz. Isaías había pasado más de una hora paseándola sin rumbo. Había pasado por su casa en el Círculo de la Esperanza varias veces, pero aún no aparecía el camión blanco de Enrique. Lilí odiaba los pensamientos que pasaban por su mente.

—¿Estaría con alguna... mujer?

—Absolutamente no, Lilí —una vena en la sien le pulsaba a Isaías—. Conozco a mi hermano. No te haría eso.

Iso había sido muy paciente. Ella decidió que no era justo depender tanto de él.

—Mira, no vamos a resolver nada esta noche. Detente en algún lado. Deja que te compre un poco de gasolina para que me lleves a casa.

—No seas ridícula. Estoy igual de preocupado como tú.

Ella se mordió el labio para contener el temblor de su mentón, temiendo que se acelerara su motor de lloriqueos a niveles peligrosos. Todo había estado perfectamente bien entre ella y Enrique; de hecho, mejor que nunca. Lo había alcanzado en el quiosco, emocionada ante el prospecto de pasar una maravillosa velada junto a él. Sin embargo, él había logrado transformar sus sonrisas y coquetería en cortesías dolorosamente educadas. Había estado distraído... hasta contemplativo.

—¿Qué habrá sucedido? —susurró ella por la que parecía ser la enésima vez.

—Yo no sé. Parecía estar un poco distraído cuando llegaron a la cantina, pero ha estado trabajando mucho —Iso se encogió de hombros—. Me imaginé que era por eso. ¿Le contaste lo de París?

Hubo una pausa, y ella se hundió en una mar de culpabilidad. Por no querer mortificarlo, le había mentido. Una mentira de omisión no era mejor que cualquiera otra mentira. Para un hombre honrado como Enrique, significaba el desastre.

—No.

—Ay, Lilí —el suspiro de Iso llenó toda la cabina del camión—. ¿Pudo haberse enterado? —se detuvo en un semáforo, y sus miradas se encontraron en la oscuridad de la cabina del camión.

Recordó a Antonio y Gerardo, y el terror se apoderó de su ser.

—Sí. Es posible que se haya enterado. ¡*Caramba*! Llévame a la casa de Gerardo, Iso. Voy directamente a la fuente para enterarme de lo que se haya dicho.

Ella empujó la puerta principal de la casa de Gerardo al pasar, y lo único que le impidió llamar a Antonio y Gerardo a gritos con todo su poder era el respeto que tenía por los empleados de la casa que pudieran estar ahí todavía. Caminó con pasos atronadores a la sala y luego a la terraza de piedra, y hasta pasó a la sala de proyección... pero no los encontró. Al subir su nivel de frustración, alcanzó a oír voces amortiguadas desde la cocina.

Alimentada su furia, marchó en esa dirección, dispuesta a estallar si ellos tenían algo que ver con el mal humor de Enrique o con su repentino abandono. Durante un momento, se quedó quietecita en el marco de la puerta que daba a la enorme cocina y los observó. Anto-

nio y Gerardo estaban sentados frente a la mesa de cromo
con sus pies enganchados en los peldaños de las sillas y
con sus codos apoyados en frente de ellos. Una sola lámpara de cromo suspendida sobre la mesa iluminaba sus
caras, pero dejaba al resto del cuarto en sombras. Un
poco de luz se reflejaba opacamente del acero inoxidable
del refrigerador.

—Mi vida —Gerardo se paró, besándola en una y luego
en la otra mejilla—. Qué gusto verte de regreso.

—¿Qué le dijiste?

Los dos hombres intercambiaron miradas.

—¿A quién?

Las manos de Lilí estaban temblando, y cerró los puños
para calmarlas.

—Sabes perfectamente quién. Enrique. ¿Qué le dijiste?

—¿Te refieres a París? —preguntó Gerardo—. Nada
más le dije que te ibas. Dentro de una semana. Es la verdad, así que me imaginé que ya se lo habías dicho. Mil
disculpas si te eché a perder tu diversión.

—Guarda tus disculpas, Gerardo —dio unos pasos para
alejarse de él, temiendo pegarle si se paraba demasiado
cerca. Girando hacia él de nuevo, sus manos temblaban y
la furia tamborileaba en sus oídos—. Tú sabes perfectamente cuál era tu intención al decirle. ¿Cómo pudiste
jugar con mi vida de esa manera?

Gerardo suspiró un bufido y tomó asiento de nuevo.

—Lilí, no me eches la culpa. No te costaba nada decirle
tú misma al hombre. ¿Cómo iba a saber yo...?

—¿Quién demonios crees que eres?

Éste suspiró, como si le exprimiera todas sus fuerzas
tener que soportar uno de sus berrinches.

—Soy tu administrador de negocios, Lilí, cuidando tus
intereses como lo he hecho siempre.

—Mis intereses de negocio, Gerardo. *Negocio*. Nadie te
pidió consejos respecto a mi vida privada.

Pasando por alto sus palabras, Gerardo apretó sus labios y estudió sus manos dobladas encima de la mesa.

—Si tanto te interesa, me encuentro un poco desilusionado con el señor Pacías. Le dije específicamente que no se acercara a los invitados, y sin embargo parece que... —levantó la mirada para encontrarse con la suya— ...ha hecho todo lo contrario. Tú conoces mi parecer al respecto.

—Para tu mayor información —luchó para controlar su tono de voz—, yo soy la que busqué a Enrique, y no lo contrario. Ha sido muy buen amigo.

—Y sin embargo, no le mencionaste lo de París.

Sus palabras le dolieron tanto como una bofetada en la cara. *Enrique* había sido buen amigo, pero ella no. Suspiró.

—No hizo nada indebido, Gerardo. No lo castigues por algo que yo hice.

Mil cosas pasaron por su mente y su estómago se retorcía por la impotencia de su furia. Su pecho subía y bajaba rápidamente. La cara de Gerardo permaneció impávida, y de repente, se dio cuenta que nada de eso valía la pena. Gerardo nunca comprendería por qué se había enamorado de su jardinero. Jamás. Si ella quería cambiar las cosas, entonces tendría que tomar el primer paso.

—No voy a París —dijo distraídamente.

—Sí, vas a ir, Lilí —dijo Gerardo, y echó una sola risa fuerte, como si fuera ladrido—. Estás alterada, nada más.

Ella meneó la cabeza, mirándolo.

—No. Escúchame. *Mírame* —esperó hasta que éste volteó la cabeza hacia ella, hasta estar segura de haber captado su atención—. Renuncio, Gerardo —extendió las manos en un gesto de resignación—. Ya me salí del juego. Cancela el contrato de la manera que te plazca, pero no voy a ir. Ya no me siento a gusto en Francia. Posiblemente nunca me sentí a gusto en Francia.

—Lilí, hay que ser razonable —dijo, y por primera vez se notó que le faltaba confianza—. Se trata de un contrato de varios millones de dólares...

—No me interesa el dinero, ¿o no lo comprendes? —se acercó a él—. He sido muy infeliz durante mucho tiempo, Gerardo, y yo... pues no quiero ir. Y *me niego* a ir.

—¿Estás renunciando un contrato tan maravilloso por un jardinero? —dijo Antonio incrédulo, mofándose de ella.

Ella señaló a Antonio con un dedo, sin mirarlo.

—Sácalo de aquí, Gerardo. Es en serio. O se acaba esta discusión en este preciso momento.

Gerardo observó la cara de Lilí durante varios segundos antes de hablar.

—Antonio, danos un poco de privacidad.

En cuanto Antonio hubo salido del cuarto, ella se sentó al otro lado de la mesa, frente al hombre que había sido su administrador durante tanto tiempo.

—Lilí, estás tomando una decisión muy importante en base a las razones equivocadas. ¿Un hombre? ¿Mi *jardinero*?

—No, Gerardo. Escúchame. Esto no tiene nada que ver con Enrique. Soy yo. Puede ser que nuestra relación me haya impulsado, pero yo he cambiado —de repente, habiendo tomado este paso tan difícil, se sintió fatigada. Bajó la cabeza y cerró los ojos. Nada más existía un solo lugar donde querría estar si no podía estar con Enrique: en los jardines, rodeada de todas las cosas tan hermosas que él había creado—. Cancela el contrato. No me importa lo que tengas que hacer para lograrlo.

—Si estás pensando en alguna locura romántica como largarte con Pacías, sugiero que lo vuelvas a pensar —siguió una pausa muy dirigida—. Ya hablé con él.

Ella levantó la cara, y el terror pulsó por sus venas.

—¿Q-qué le dijiste?

—No le tuve que decir mucho después de darle la noticia de lo de París. Fue lo mismo como si hubieras pagado al tipo por sus servicios, Lilí.

Un jadeo de furia se escapó de los labios de Lilí.

—Sin embargo, y nada más para estar seguro —levantó su mirada hacia ella—. Le hice una oferta.

—¿Oferta?

—Ya sabes, unos cuantos miles de dólares para que desaparezca un rato mientras recobres el sentido común y sigas con tu carrera. Así, tendría el gusto de seguir trabajando aquí. De lo contrario —Gerardo hizo una mueca para describir su lástima fingida.

—¿Lo sobornaste? —dijo con tono rasposo. Sintió sus extremidades heladas y sus labios temblaban. No era posible que pudiera estar sucediendo esto—. Estás mintiendo —le temblaba la cabeza y no lograba controlarse—. Enrique jamás vendería su alma por un trabajo.

—Lilí, no vendió su alma, vendió la tuya —Gerardo se inclinó hacia ella—. Pacías aceptó el dinero.

—No te creo —la sangre tamborileaba fuertemente en su cabeza. Sus ojos se desviaron en dirección a la ventana de la cocina, a través de la cual se encontraban los jardines oscuros.

—Como quieras, pero ve a revisar a la cabaña del jardinero. Nada más espero que cuando te des cuenta que ya se ha ido, volverás a pensar con la cabeza —sacó dos boletos de avión del bolsillo interior de su saco—. Ya saqué una reservación en un vuelo a París. Podemos salir en el tecolote.

—Es que tú simplemente no entiendes. Lo único que he representado para ti en toda la vida es otra mercancía —sus palabras habían dejado de temblar—la furia las había suavizado hasta darles la dureza de un diamante que debería haber cultivado hace mucho dentro de su carrera—. Ya no. No me importa que Enrique siga ahí o no. No voy a París. Nunca.

Se había ido.

Se había ido, y Gerardo dijo que había aceptado el soborno. Tenía que haber un error. Tenía que encontrar a Enrique y hablar con él, pero no soportaba la idea de abandonar aún el jardín. Sus ojos recorrieron los escalones del quiosco donde se habían conocido, y luego la veranda de la cabaña donde se habían besado por primera vez. Deambuló por los jardines hasta llegar al macizo de lirios que había sembrado con Enrique, reconociendo que los habían puesto demasiado avanzada la temporada.

Pero él los había cuidado bien, y sobrevivieron.

Un hombre capaz de eso no aceptaría un soborno.

De alguna manera, Lilí logró llamar a un taxi con su teléfono celular, y finalmente llegó a la casa de Enrique en el Círculo de la Esperanza. Se alejó el taxi deslizándose sobre el pavimento mojado, y Lilí se encontró parada ahí; aterrorizada por la posibilidad de no encontrarlo en casa. Sin embargo, no se habría ido. No habría aceptado jamás un soborno.

Todavía titubeando, volteó en dirección del hermoso jardín comunitario que habían creado juntos. Había dejado de llover, pero las gotas de agua decoraban cada hoja, cada pétalo, y cada rama, reflejando la luz de la luna de caza como si fueran diamantes esparcidos al azar. Sus pies la llevaron a los pequeños bancos colocados en el centro del jardín, y se desplomó sobre uno de ellos con un suspiro, metiendo los dedos a la parte superior de su cabello. El vecindario estaba tan silencioso de noche, y parecía como otro panorama por el simple cambio de iluminación.

Sólo podía imaginarse lo que había estado pasando por la mente de Enrique cuando le había preguntado lo que estaba pensando en la cantina. Toda la gente que había conocido en El Proyecto Arco Iris la había tratado con tanta amabilidad, y tanta aceptación. Y la primera persona que Enrique había conocido del mundo de ella lo había tratado como un paria. No, había sido peor aún. Como si fuera una especie menos evolucionada que un humano. ¿No era lógico que le diera la vuelta para largarse?

El sonido familiar de un camión transitando por la calle la hizo brincar del banco como si se hubiera sentado inadvertidamente encima de una serpiente de cascabel. *¿Enrique?* ¿Podría ser él?

Con la garganta cerrada por la necesidad de verlo, de hablar con él, corrió a la cerca de picos que encerraba el jardín y lo observó mientras se estacionaba en paralelo a la acera frente a la casa. La lámpara interior se prendió cuando abrió la portezuela. Sus miradas se juntaron a través del parabrisas, y se quedó ahí inmóvil durante un momento, mirándola nada más. Ella ardía de emoción al simplemente ver su cara, y deseaba tocarlo; olerlo y besarlo. Él lucía destrozado. Gerardo le había contado del viaje a París, y ella no. Lo habían sobornado, poniendo en tela de duda su honradez. La situación era un desastre, y ella tenía toda la culpa. ¿Podría él perdonarla algún día?

Enrique se bajó del camión, golpeando al pavimento con una, y luego la otra suela de sus botas. Hizo mucho ruido la portezuela al cerrarse en el silencio de la noche, y en la distancia se escuchó el ladrido de un perro y el tintineo de una cerca de malla. Miró sobre el cofre del camión en dirección a ella, con ojos tristes.

—Hola.

—Hola —repitió ella. Los dos estaban tan cautelosos que parecían como unos animales salvajes, y ninguno quería tomar el primer paso, el paso equivocado, sin pensarlo muy bien—. He estado tan preocupada... —se le cerró la garganta y desvió la mirada durante un momento, pero automáticamente volvió a descansar en él como si fuera una brújula entrenada a apuntar al norte—. No supe a dónde te habías ido, o qué había sucedido.

—Lo siento... por dejarte en la cantina —dijo finalmente.

Pasó una mano por su cara. Habían tantas palabras sin decir entre ellos.

Ella meneó la cabeza, con un movimiento demasiado brusco.

—Y yo lo siento por no decirte de París.

Ahí estaba.

—¿Es cierto? ¿Te vas?

Caminó a la parte delantera del parachoques, sin quitarle la mirada de encima. Titubeó, y luego se detuvo justo enfrente de la placa. Sus brazos luminosos por la lluvia se extendieron frente a su cuerpo, y parecieron esculpidos con músculos y tendones, acentuados por las sombras y la luz de la luna. Sin embargo, su proceder parecía muy tentativo.

—No. No voy a París.

—Pero, Molinaro...

—Espera... simplemente escúchame. Déjame explicar. Se suponía que tenía que ir —avanzó un paso más y apoyó su mano en un poste telefónico casi directamente al otro lado de la calle donde estaba él—. Pero estoy rescindiendo el contrato.

—No —masculló él—. ¡Carajo, Lilí! Tienes que ir.

Asustada por la vehemencia de su respuesta, ella retrocedió un paso.

—Pero, ¿por qué? ¿Y qué será de nosotros? No me digas que todavía estás negando a *nosotros*.

—Dejará de existir un nosotros si te sacrificas por mí. Por cualquier otra persona. Créeme. Yo sé —se adelantó dos pasos más, y ahora estaba parado en el centro de la calle—. Yo no puedo interponerme entre tú y la realización de tus sueños. No puedo ofrecerte nada.

—Yo nunca te he pedido nada, Enrique —le ardían sus entrañas en carne viva, y sentía un hormigueo en las extremidades—. Tú me ayudaste a encontrarme a mí misma, y...

—Éste no es tu mundo —dijo entre dientes con un ademán a su derredor—. ¿Un vecindario de donde todos y sus tíos tratan de salir? Sé realista. Tú perteneces a tu público, y no a esto. Éste es mi mundo.

Ella dio la vuelta al poste, apoyando su rígida espalda en él.

—No quiero pertenecer a mi público —le dijo lentamente, enfatizando cada palabra con convicción—. Desde hace mucho que no quiero eso. Pero no sabía qué quería.

—Yo no soportaría sentirme responsable por echar a perder tu carrera.

Ella meneó la cabeza, justo cuando comenzaba a llover de nuevo. Desde lejos, se escucharon los truenos.

—No he tomado esta decisión exclusivamente por ti. He sido infeliz con mi carrera durante mucho, mucho tiempo. Pero al estar contigo, mi amor, me he dado cuenta qué es lo que me hacía falta —hizo una pausa, armándose de valor—. No voy a París, me quieras o no.

Pasó un largo suspiro por los labios de Enrique.

—Ay, Lilita, no sabes lo que dices. Sacrificar tu vida por otra persona sólo te acarreará sufrimiento.

Tan cerca, ella podía palpar la confusión de Enrique a flor de piel. Los separaban escasamente unos tres metros, pero para ella eran tanto como el océano. Era todo un mundo. *Vivimos en dos mundos muy distintos,* había dicho él, y tenía razón. ¿Algún día podrían cerrar esta brecha, este abismo entre la realidad de Enrique y la de ella? ¿Acaso quería intentarlo Enrique?

—No voy a París, Rico —le volvió a decir—. Lo siento por no decirte desde un principio. Siento que hayas tenido problemas en tu trabajo por mi culpa.

—No me debes ninguna explicación.

—Sí que te la debo —se humedeció los labios secos—. Gerardo me dijo... lo que hizo. De lo del dinero.

Enrique le echó una mirada furiosa, y ella supo sin lugar a duda que no había aceptado el soborno.

—Mm. El dinero. ¿Y pensaste que lo había aceptado?

Su brevísima vacilación lo había dicho todo.

—No.

Él sacudió la cabeza y bajó la mirada al suelo durante un largo rato. Al levantar la cabeza, su expresión reflejaba su dolor.

—Tenemos que hablar, mi ángel —ella vio que su man-

zana de Adán subía y bajaba—. Tengo que decirte... lo
que he hecho.

Algo terrible. Ella lo pudo ver en su mirada sombría.

—No tenemos que hablar si no quieres —susurró, sin
querer saber de nada que pudiera aplastar su mundo tan
precario. No quería perderlo antes de tenerlo siquiera.
Llovía más fuerte ahora, y tuvo que levantar la voz por el
ruido que hacía la lluvia al caer al pavimento—. Siempre
habría tiempo para hablar después.

—Ahora mismo. Tengo que hacerlo —la angustia cubrió sus facciones—. Tienes que saber qué clase de hombre soy yo.

—Lo sé, mi vida. Lo *sé.*

—No —su negativa era vehemente—. Nadie lo sabe.

Las palmas de Lilí sudaron y estaba aterrorizada de lo
que Enrique pudiera decirle. Pero al mismo tiempo, lo
que más deseaba en el mundo era estar ahí para escucharlo. Lo que fuera, ella había hecho cosas peores.

—Dímelo.

Enrique miró al cielo. Llovía a cubetazos ahora, y los
dos estaban empapados.

—Entra conmigo a la casa. Ésto es ridículo.

Ella asintió con la cabeza, y luego se echó su bolsa de
viaje al hombro para atravesar la calle. Sin preguntar, él le
quitó la bolsa, y juntos caminaron por el sendero. Ella debería haberse sentido mejor por su invitación a pasar a la
casa, pero no fue así. Nada estaba resuelto entre ellos, y
ella lo sabía.

Enrique se hizo a un lado para dejar que ella pasara
primero, y luego la siguió. Ella atravesó el cuarto, sus brazos rodeando su torso, sintiéndose congelada. En el momento que escuchó que echaba llave a la puerta, se
volteó. Enrique estaba parado sobre el tapete de la entrada, mirándola. Cada par de segundos alguna gota de
agua llegaba hasta la orilla de su mentón o hasta las puntas de los dedos, y se caía al piso. El agua caía por su espalda. Si su pantalón de mezclilla estaba igual como el de

ella —hecho de plomo y forrado en papel de lija— ninguno de los dos estaba muy cómodos. No importaba. Miró a su derredor.

—¿Quién más está en casa?

—Estamos solos.

Ella asintió con la cabeza.

—Entonces, háblame.

Observó cómo la garganta de él se movió varias veces.

—¿Te acuerdas de lo que te conté de mi padre? —preguntó con tono hueco y brusco.

—Por supuesto que sí —dijo sorprendida por el cambio de tema—. Cada palabra.

—¿Cuando te dije que estaba furioso? —su pecho subía y bajaba.

—Sí —logró contestar ella a pesar de tener la garganta cerrada.

—La verdad es que... cuando sucedió no quise encargarme de la familia, Lilí. Yo también quise realizar mis sueños —su voz salió ronca y llena de vergüenza. Extendió el brazo en el aire como gesto de repugnancia—. Yo no soy mejor que él.

—No. No es cierto —rogó ella. Jamás se habría imaginado que esto pudiera ser lo que pesaba en su mente. Había cargado con el sentido de culpabilidad durante tanto tiempo... esto aunado a todo lo demás era demasiado. Tenía tantas ganas de abrazarlo que se le doblaban las rodillas, pero intuía su necesidad de guardar la distancia entre ellos—. Eras muy joven, Rico. Los jóvenes siempre tienen sueños.

—¿No me escuchaste? —levantó la voz, y respiró hondo—. No quise mantenerlos. Escúchame. Quise darles la espalda y abandonar a mi familia para perseguir mis propios sueños egocéntricos —cubrió su rostro con las manos—. ¿Qué clase de hombre soy yo?

—Pero no lo hiciste, mi vida. No los abandonaste —Lilí cerró la distancia entre ellos en dos largos pasos y lo tomó entre sus brazos. Presionó su frente contra los nudillos de él—. Hiciste frente a tus responsabilidades como hombre, Rico, cuando apenas eras niño. No tienes nada de qué avergonzarte.

—Lo resentí. Soy exactamente como él —levantó la cara, y la miró con ojos suplicantes—. Por Dios Santo, exactamente como él. *De tal padre, tal hijo.*

—No es cierto —respondió ella enfáticamente—. ¿Por qué lo dices? No los abandonaste.

—¿No lo comprendes? —se apartó de ella—. Todavía estoy persiguiendo sueños —dijo roncamente—. Pude haber aceptado aquel dinero para conservar mi trabajo, pero no lo hice. No pude soportar la idea de abaratar nuestra relación —presionó sus palmas contra las mejillas de ella—. Tú eres el gran sueño que estoy persiguiendo ahora, y una vez más, mi familia sufrirá las consecuencias.

Ella lo tomó por las muñecas, sin entender del todo lo que decía.

—No. Escúchame. Yo jamás me interpondría entre tú y tu familia.

—Lilita —la rodeó con los brazos, aplastándola tan fuertemente contra su pecho que ella apenas pudo respirar—. Es que no te merezco —sus manos fuertes y encallecidas por el trabajo acariciaron suavemente su cara—. Y sin embargo, no quiero abandonar mis sueños de nuevo.

—Y yo no quiero que lo hagas.

—Entonces, ¿qué? ¿Sigo mi camino? ¿Como mi padre? ¿Espero algo mejor? Me repugna.

—Tu vida no es como la suya. Gerardo no te dejó otra alternativa. No vendas tu alma por él —se le escapó un sollozo de la garganta, y besó sus párpados, su nariz y su mejilla—. Yo he cometido ese error durante demasiado tiempo. Si ninguno de los dos cabemos en el mundo del otro, entonces crearemos nuestro propio mundo. Nuestro mundo. Tuyo y mío —abundaron los besos y las lágrimas. Lilí quería saciarse de él; de la sensación de él; su olor; el sabor de su piel—. Dime que sí. Créelo. Cree en nosotros. Dímelo.

Enrique metió los dedos entre el pelo de ella y la observó durante un momento, y luego le plantó varios besos en los labios, en las esquinas de su boca, en su mentón y sobre su garganta.

—Sí —murmuró contra su mejilla—. Creo en nosotros, Lilita.

Surgió la pasión en ella, y supo que lo único auténtico que tenía en su vida era este hombre. Este momento.

La boca de Enrique cubrió la suya con el mismo fervor, y durante un momento, se perdieron el uno en el otro. Enrique se apartó, sus ojos borrachos con deseo.

—Tengo que...

—Lo sé.

La atrajo por las caderas contra él y deslizó las manos a lo largo de sus nalgas.

—Necesito...

—Yo también.

Se entrelazaron sus miradas sólo por un momento antes de entrar en una furia de acción en la que ella se encontró alzada entre los brazos de Enrique y transportada por el pasillo a su modestamente decorada recámara. Empezó a experimentar distintas sensaciones en incrementos. Primero la suavidad del colchón en su espalda. La ropa endurecida por la lluvia rozando sus senos. Un rayo de luz de la luna pasando por la ventana.

Lucharon para quitarse la ropa mojada, y le dio frío. Escasamente un momento después, el cálido cuerpo de Enrique cubrió el suyo, y todo desapareció excepto por la belleza de piel contra piel, su aliento tan cercano, su deseo por ella tan obvio y orgulloso y masculino.

Tocó su cuerpo como jamás lo había hecho hombre alguno, como si estuviera hambriento de ella pero a la vez temiera devorarla enterita. Se saciaron sus sentidos con él; con su duro pecho presionando sus senos, y sus manos encallecidas acariciando su piel. Lo deseaba encima de ella, dentro de ella, alrededor de ella, hasta sofocarse. Ella había intuido que no sería un amante tímido, pero su intenso enfoque y pasión la afectaban como si fuera una droga.

Se alzó sobre los codos, estirando una mano para envolverse en ella más fuertemente.

—Dime qué deseas, mi amor.

—A ti. Nada más... tú.

Presionó su erección contra ella como una promesa; una tentación.

—¿Quieres sentirme adentro de ti, Lilí?

—Sí. Todo —ella serpenteó la mano por entre sus cuerpos y lo envolvió. Era ardiente y vibrante.

Él inhaló entre dientes, echando la cabeza hacia atrás para perderse en la sensación de su dulce Lilita. ¡Dios! Cómo la deseaba. Quería saborearla y olerla; quería poner su cuerpo dentro de ella tan profundamente que jamás pudieran separarse. Deseaba escuchar su nombre de boca de ella, y sentir sus piernas alrededor de él.

La quería completa, y ahora.

Apartándose suavemente de sus brazos, se inclinó sobre su cuerpo humedecido por la lluvia, besando su deliciosa piel con la boca, lengua y dientes. Cuando llegó a su suave y liso abdomen, se arrodilló frente a ella, mordisqueando su húmeda piel, explorando su ombligo con la lengua. La atrajo a él para descansar su mejilla contra su piel, para grabar la sensación en su memoria.

Ella se enderezó. Sus largos dedos peinaron su cabello todavía mojado por la lluvia.

—Enrique —susurró.

—Por favor...

Él no quería apresurarse al hacer el amor, pero el ardiente deseo de ella lo desarmó.

—Despacito —susurró él.

—No.

—Sí. Quiero tocar y saborear y amar cada centímetro de tu cuerpo —bajó la voz en un susurro gutural al empujarla suavemente sobre la cama, balanceándose encima de ella—. Quiero escucharte.

—Sí...

La besó profundamente, y luego recorrió su mano por todo su cuerpo hasta descansarla sobre su suave calidez, haciendo presión.

Ella gimió, y el cuerpo de Enrique se endureció aún más. Apenas podía contenerse, y ya no quería contenerse. Estiró la mano por encima de ella y abrió el cajón de la mesa de noche, sacando un pequeño paquete de aluminio, y lo abrió con los dientes.

Ella respiraba golpeadamente. Él también.

Luchó brevemente con el condón, pero las manos de ella llegaron a su rescate para colocárselo suavemente, levantando su mirada a encontrarse con la de él, y los dos sonrieron. El amor pulsaba por todo su ser, pero Enrique sabía que no habían palabras para expresar lo que sentía. Tenía que demostrárselo, enseñarle lo que sentía su corazón.

—Enrique...

—Espera, querida. No te apresures.

Alzó las manos de ella arriba de su cabeza, guiándolas hasta la parte superior de la cama para envolverlas alrededor de las tablas de la cabecera. Abrió un paso a besos a lo largo de su cuerpo.

Ella pegó de gritos cuando la tocó con la lengua, agarrándose más fuertemente de la cabecera. La amó con su lengua, con su boca, con sus dientes, hasta dejar a su cuerpo entero temblando. Ella empezó a temblar, y él se apartó.

Un gemido de tristeza se escapó de los labios de ella.

—Shhh —le pidió él. Subiendo por su cuerpo, le besó el sudor salado de su estómago y de entre sus senos. Al llegar a su boca, también la besó.

—Ahora —susurró ella.

—Pronto.

Los gemidos de ella vibraban contra su lengua, y la sensación le llegó hasta el alma. Apartándose un poco, besó cada uno de sus párpados y luego su nariz. Frotó la sensible punta de su erección contra sus pliegues calientes y resbalosos, apenas controlándose para no penetrarla.

—¿Lilita?

—¿Qué?

—¿Estás lista?

—Mi vida, he estado lista durante toda una vida.

Con un movimiento rápido y raso la penetró. Juntos se movieron, se mecieron y bailaron. Hablando alma a alma, usaron el lenguaje más claro posible. Su unión se fue haciendo más tensa, más intensa hasta que el cuerpo de ella lo apretó, sus palabras de amor susurradas en su oído.

Con un gemido final de absoluta entrega y posesión, se perdió en su orgasmo. Sofocado por la sensación, absolutamente inundado con la sensación de ella, el sabor de ella, el amor por ella, se desplomó sobre ella, descansando su frente contra la frente de ella.

Después de varios minutos en silencio, cuando su respiración había vuelto a la normalidad, se acostó a su lado y la tomó entre sus brazos.

—Te amo, Rico —susurró ella.

—Te amo, mi Lilita —le besó los párpados y sus mejillas—. Yo sacrificaría mi mundo entero por ti.

—Pero, no tendrás que hacerlo —ella se acomodó hasta quedarse de lado en frente de él—. Te lo prometo.

—¿Qué haremos? —dijo con un gran suspiro.

—No importa. De verdad. Siempre y cuando estemos juntos, todo saldrá bien.

—¿Estás segura, mi ángel?

Ella asintió con la cabeza, acurrucándose con él.

—Jamás he estado tan segura de nada en mi vida.

—Ay, Lilita. Tú siempre arreglas las cosas.

Ella lo besó, lenta y largamente, y luego se apartó.

—¿Sabes dónde estamos? ¿En este lugar, en este momento?

Él apenas pudo contestar por el amor que sentía. Lo consumía, intensificando cada detalle a su derredor hasta hacerse insoportablemente sensible para sus sentidos. Tragó en seco una vez.

—¿Dónde, querida? —susurró.

—En *nuestro* mundo, Rico —sus labios se tocaron una y otra vez—. Y nadie nos puede tocar estando aquí.

Epílogo

El sol pegaba de tal manera a la gran casa victoriana que Lilí había llegado a pensar que en su vida había visto nada tan hermoso. Les había costado trabajo convertirla en un funcional centro de operaciones, pero lo habían logrado, y hoy era el día en que iban a presentarse ante el mundo. Las unidades móviles de los noticieros llenaban las calles y se juntaban los invitados en el jardín delantero, que estaba cerrado por un gran listón rojo.

Enrique se acercó a ella, viéndose incómodo en su nuevo traje, pero su cara se suavizó al encontrarse sus miradas. Tocó su mejilla.

—¿Estás casi lista, mi ángel?

—Jamás he estado tan lista para algo en mi vida entera.

—Te quiero, Lilita. Más de lo que habría creído posible.

—¿No te dije que todo iba a salir bien si estábamos juntos?

Lo besó, lento, despacio y privadamente.

—Debería escucharte más seguido.

—¿Puedo grabar esas palabras? —dijo ella, riéndose.

Mano en mano se acercaron a la casa. Los *flashes* relampaguearon al sacar fotografías de la casa, del nuevo letrero, y de sus caras felices. En frente de las cámaras de televisión, colocaron las enormes tijeras justo sobre el listón, y se detuvieron. La mirada de Enrique subió para ver el gran letrero, y Lilí siguió su mirada. Se le hinchó el corazón.

NUESTRO MUNDO: Sembrando Comunidades Planta por Planta era el proyecto más importante y ambicioso que la

Fundación Lilí Luján había manejado hasta la fecha. Y ellos se habían encariñado más con este proyecto que con cualquier otro. Se les había ocurrido una idea para crear esta empresa justo el día después de que Lilí diera la espalda a su contrato de París. Habían pasado todo el día en cama en la casa de Enrique en el Círculo de la Esperanza, haciendo el amor y tratando de adivinar qué dirección tomarían sus vidas.

Habían tardado más de un año en desarrollar la idea original en el resultado final. Sin embargo, lo habían logrado. La misión de *NUESTRO MUNDO* era el entrenamiento de grupos de voluntarios en todas partes del país para crear jardines comunitarios en las zonas más marginadas económicamente. Contando con Lilí como portavoz, ya habían reunidos millones de dólares en donativos, y Enrique, fungiendo como director, inspiraba a la gente a trabajar duro para alcanzar sus metas.

—¡Señorita Luján! —gritó alguien.

Los medios de comunicación estaban esperando. Lilí y Enrique se miraron directamente a los ojos, y se dieron un beso.

—¿Listo? —susurró.

—Sí. Siempre listo para ti.

Sus miradas jamás se separaron al apretar las enormes tijeras. Con un solo corte cayó el listón. De todos lados se escucharon los gritos alegres de la gente. Los brindis y aplausos los abrazaron. Las lágrimas le quemaban los ojos al aventarse a los brazos de Enrique, cubriendo su cara con besos. Pronto se metió Isaías al abrazo, seguido por su madre, Ana y Amalia, Pilar, Esme y Gabino. Los voluntarios del Proyecto Arco Iris se adelantaron, tirándoles flores de madreselva, gritando y exclamando.

Los reporteros empezaron a lanzar preguntas, pero los dos estaban tan emocionados que no podían contestar.

—¿En dónde se hará el primer jardín?

—¿Cuántos voluntarios tienen hasta la fecha?

—¡Lilí! ¡Enrique! Una pregunta rapidita, por favor

—voltearon, y una reportera les extendió una pequeña grabadora, sonriendo de oreja a oreja.

—De modelo de primera línea a filántropa; el mundo quiere saber. ¿Cómo se les ocurrió esta idea?

Lilí se perdió en los ojos de Enrique, sabiendo que jamás había sido tan feliz en su vida.

—Diles, mi ángel —le insistió.

Ella lo besó, haciendo caso omiso de las cámaras y reporteros, sólo aceptando que éste era su momento, su mundo. Finalmente, ella volteó para dar la cara a la reportera, quien se había sonrojado por su pasión.

—¿Cómo se nos ocurrió la idea? —repitió Lilí, levantando la voz para acallar el bullicio. Cuando hubo silencio, apretó la mano de Enrique.

—Vamos a decir, simplemente, que todo empezó con un gran sueño.